D1259141

Nouvelles
histoires
à faire .
rougir

MARIE GRAY

Nouvelles histoires à faire rougir

Guy Saint-Jean
ÉDITEUR

Données de catalogage avant publication (Canada)

Gray, Marie, 1963-
Nouvelles histoires à faire rougir: nouvelles érotiques
ISBN 2-89455-013-8
I. Titre.

PS8563.R414268 1996   C843' .54   C95-941853-9
PS9563.R4142N68 1996
PQ3919.2.G72N68 1996

Nous reconnaissons l'aide financière du gouvernement du Canada par l'entremise du Programme d'Aide au Développement de l'Industrie de l'Édition (PADIÉ) ainsi que celle de la SODEC pour nos activités d'édition.

© Guy Saint-Jean Éditeur Inc. 1996

Infographie: Christiane Séguin

Dépôt légal 1er trimestre 1996
Bibliothèques nationales du Québec et du Canada
ISBN 2-89455-013-8

DISTRIBUTION ET DIFFUSION
Amérique: Prologue
France: E.D.I./Sodis
Belgique: Diffusion Vander S.A.
Suisse: Transat S.A.

GUY SAINT-JEAN ÉDITEUR INC.
3154, boul. Industriel, Laval (Québec) Canada H7L 4P7. (450) 663-1777.
Courriel: saint-jean.editeur@qc.aira.com. Web: www.saint-jeanediteur.com

GUY SAINT-JEAN ÉDITEUR – FRANCE
48, rue des Ponts, 78290 Croissy-sur-Seine, France.
(1) 39.76.99.43. E-mail: lass@club-internet.fr

Visitez le site web de l'auteur: www.mariegray.com

Imprimé et relié au Canada

BAL MASQUE

Laurence n'aurait jamais pu se douter qu'un simple carton d'invitation pourrait à ce point changer sa vie.

La missive ne lui était d'ailleurs même pas adressée. L'enveloppe se lisait comme suit:

«Madame Andrée Beaulieu
2650 rue Vallier
Montréal, QC»

C'était bien l'adresse de Laurence, mais elle n'avait jamais entendu parler d'une Andrée Beaulieu. Elle habitait pourtant au même endroit depuis maintenant trois ans. Normalement, elle aurait retourné l'enveloppe au bureau de poste sans même chercher à savoir ce qu'elle contenait, en spécifiant que la destinataire n'habitait pas à cette adresse. Mais un détail attira son attention. Sur l'enveloppe, à l'endroit où aurait dû se lire l'adresse de retour, se trouvait une illustration intrigante: une main cueillant une pomme de la branche d'un arbre. Cela rappelait une gravure ancienne, comme celles retrouvées dans les livres d'un autre siècle.

Mais ce qui la frappa, surtout, c'était la petite maxime inscrite sous l'illustration:

«Pour l'ultime dégustation du fruit défendu.»

* * *

Laurence était l'incarnation par excellence de la jeune femme sans histoires. Commis dans la même firme de comptables depuis maintenant sept ans et célibataire. Une vraie célibataire: endurcie et abstinente. Elle filait le parfait bonheur avec ses six chats, ses cassettes vidéo des films les plus récents, ses surgelés et son maïs soufflé. Ces petits plaisirs tout simples lui suffisaient amplement. À vrai dire, Laurence se considérait sans charme alors qu'elle n'était, en vérité, que «terne». Elle ne cherchait visiblement pas à plaire à qui que ce soit, portant très peu de maquillage — elle n'avait ni la patience ni l'imagination requises — et s'habillant de vêtements confortables, mais sans style particulier.

Ses collègues n'avaient jamais cherché à la connaître vraiment. Ceux-ci la trouvaient mortellement ennuyeuse, la traitant avec politesse mais sans trop de chaleur. Cela convenait très bien à Laurence qui, de son côté, ne voyait en ces personnes que frivolité et insignifiance.

En fait d'aventures, Laurence n'avait pas été choyée. Elle était tombée amoureuse, à l'âge de dix-sept ans, d'un garçon un peu plus âgé qu'elle. Il l'aimait bien, lui aussi, mais dut rompre pour épouser une autre jeune fille qui était malencontreusement tombée enceinte, suite à ses faveurs quelque peu imprudentes.

Laurence n'eut aucune autre relation durable. Elle avait donné sa virginité à ce garçon — de façon assez déplaisante, d'ailleurs — avec qui elle était résolue à passer le reste de ses jours. La deuxième et la troisième fois s'étaient avérées plus prometteuses, quoique encore maladroites, laissant entrevoir de nombreux plaisirs à découvrir. Et c'est alors qu'il l'avait laissé tomber. Elle en avait été grandement bouleversée et s'était bien jurée de ne jamais plus se laisser embobiner. Ce fut donc la fin de ses explorations en matière de plaisirs sexuels.

À cette époque, elle n'avait pas prévu que cette «grève» durerait si longtemps, mais elle n'avait pas le courage de chercher à rencontrer quelqu'un d'autre. Un nouvel amant qui, vraisemblablement, la blesserait une fois encore. Elle avait cependant appris à se procurer un peu de réconfort. Et quand elle devenait vraiment frustrée, elle se masturbait en imaginant qu'elle possédait cet homme qui avait osé la quitter, devant l'autre femme qui gémissait de dépit, enceinte jusqu'aux oreilles. Une bien triste compensation qui l'avait conduite, peu à peu, à délaisser même ce petit plaisir égoïste.

Laurence croyait bien s'être débarrassée de toutes ces tentations mais voilà que, sans qu'elle comprenne immédiatement pourquoi, la petite phrase sur l'enveloppe aiguisa sa curiosité, l'incitant à l'ouvrir.

«Chère Madame Beaulieu,
Vous qui vous êtes jointe à nous auparavant
dans la recherche des plaisirs interdits,
Vous qui savez explorer vos désirs et vos passions,
Vous qui appréciez la discrétion de nos explorations,
êtes cordialement invitée à notre premier bal masqué
pour souligner l'anniversaire
de notre première aventure.
Selon nos traditions, nous souhaitons
que vous partagiez cette invitation
avec votre ou vos partenaires intimes.
La soirée se déroulera à l'adresse
et à la date indiquées au bas de cette invitation.
Pour des raisons évidentes, nous demanderons

présentation de cette invitation à votre arrivée.
Venez partager avec nous cette soirée
qui sera sans doute inoubliable!
Aucune tenue particulière n'est exigée.
Nous vous prions cependant
de bien vouloir masquer votre visage
afin de rendre les «échanges»
les plus secrets et mystérieux possible.
Dans l'attente de votre plaisir...»

Suivait une adresse inconnue à Laurence. Elle s'empressa de sortir son petit annuaire des rues de la ville et la trouva, nichée à l'ombre de la montagne. Accessible d'un côté seulement par une rue secondaire, elle se terminait en une impasse.

Bien entendu, sa première réaction fut de mettre la lettre en boule et de la jeter aux ordures. L'ayant déjà ouverte, il lui était maintenant impossible de la déposer à la poste! Et ce ne serait certainement pas elle qui assisterait à une telle soirée!

Elle se prépara un plat de spaghettis surgelé, le mangea devant un vieux film mettant en vedette Catherine Deneuve et s'endormit sur le sofa, n'accordant plus la moindre pensée à l'intrigante invitation.

Au matin, cependant, au moment de porter ses déchets à la rue, une soudaine impulsion la fit fouiller dans ces derniers, presque frénétiquement, afin d'en retirer l'enveloppe. Elle la défroissa soigneusement, s'interrogeant sur son curieux comportement, et la laissa sur un comptoir. Elle ne prit pas le temps de la lire, mais ressentit un vague soulagement de la savoir là, en un seul morceau.

Toute la journée, elle se surprit à penser à ce mystérieux bal. Quel genre de personnes assistaient à une telle soirée? Que recherchaient-elles? Quelle était l'étincelle qui déclen-

chait de telles attitudes? Comment la soirée se déroulerait-
elle?

Elle arriva chez elle à la fin de la journée et vérifia la date
du bal avant même de se déchausser. Huit jours... Elle n'allait certainement pas passer les huit prochaines journées à
être distraite, à ne pas pouvoir se concentrer convenablement
sur son travail et à se poser toutes sortes de questions à ce
sujet, quand même! Elle réalisa tout à coup que non seulement elle y penserait jusqu'à la date fatidique, mais après
aussi et probablement les semaines suivantes. Elle venait de
découvrir des choses dont elle ne soupçonnait même pas
l'existence jusqu'à ce jour et, bien malgré elle, elle brûlait de
curiosité.

Où pourrait-elle trouver réponse à toutes ses interroga-
tions? Elle se rendit soudainement compte qu'elle devait absolument en savoir davantage sur ce genre de manifestation.
Était-ce fréquent? Elle n'en avait jamais entendu parler.
Était-elle à ce point «débranchée» de la réalité? Elle envi-
sagea de se rendre à la librairie tout près de chez elle pour
tenter d'obtenir, discrètement, plus de renseignements. Mais
dans quelle section chercherait-elle? Sexualité? Sociologie?
S'il fallait qu'un commis lui demande s'il pouvait l'aider, elle
mourrait de honte sur place. Le plus simple, c'était encore
les journaux. Les petites annonces lui donneraient peut-être
quelques indices.

Feuilletant cette rubrique, elle vit de nombreuses agences
d'escortes, offrant divers services plus ou moins subtilement.
Puis les salons de massage... et les gens cherchant à peu près
tout, du partenaire classique à l'aventure insolite. Mais, nulle
part, elle ne trouva la mention d'un bal masqué ou même de
quelque soirée érotique organisée, impliquant plusieurs personnes. Déçue, elle se demanda où d'autre elle pourrait
fouiller. Une revue spécialisée, alors? Peut-être bien, mais
encore fallait-il se la procurer!

Elle tenta donc de se changer les idées en lisant un roman de son auteur favori. À 21 h, fatiguée de parcourir le même passage une dizaine de fois avant d'en comprendre le sens, elle se leva d'un bond, attrapa son sac à main et se dirigea résolument vers le kiosque à journaux le plus près, bien décidée à trouver un magazine pouvant la renseigner. Mais ça n'allait pas du tout! On la reconnaîtrait! Elle hésita quelques instants, puis marcha rapidement jusqu'au métro. Après avoir choisi une destination au hasard, elle descendit quelques stations plus loin. À la sortie, elle vit enfin une tabagie qu'elle ne connaissait pas et où elle serait parfaitement anonyme.

Elle se retrouva devant un étalage beaucoup plus varié qu'elle ne l'aurait pensé à prime abord. Quelle revue choisir? Un homme entra et se dirigea vers elle. Elle fit aussitôt mine de s'intéresser aux magazines d'informatique, en feuilleta un au hasard en paraissant, du moins l'espérait-elle, absorbée. Du coin de l'œil, elle observa l'homme qui, d'un air nonchalant et presque blasé, s'empara d'un exemplaire de *Playboy*.

«Bon, cette revue en vaut bien une autre», se dit-elle. Comme l'inconnu se retournait vers le comptoir-caisse, elle en happa aussi une copie, qu'elle tenta de dissimuler sous celle qu'elle lisait un instant plus tôt. Peut-être le caissier ne remarquerait-il pas le genre de lecture qu'elle se proposait? À son grand désespoir, ce dernier prit tout son temps pour servir l'inconnu avant elle, lui infligeant quelques minutes d'agonie supplémentaires. Quand ce fut à son tour, il poinçonna le montant de la revue d'informatique sans aucune réaction.

«Bon, ça s'annonce bien», pensa-t-elle.

Mais en facturant la suivante, il se permit de lever les yeux vers elle et de lui adresser un clin d'œil rempli de concupiscence. Quelle insolence! Laurence, de gêne et de dépit, paya en sortant maladroitement quelques billets de son portefeuille, n'attendit même pas sa monnaie et se précipita à l'extérieur, s'empressant de camoufler la maudite revue au fond de son sac à main.

* * *

De retour à son appartement, Laurence n'était plus sûre de rien. Qu'est-ce qui lui avait pris de se déplacer à plusieurs kilomètres de chez elle, dans le seul but d'acheter une revue qui ne l'intéressait pas? Une publication qu'elle avait toujours qualifiée de «torchon» et pour laquelle elle ressentait, en fait, un étrange mélange de répulsion et d'attirance.

Pour en avoir le cœur net, elle entreprit de la feuilleter, cherchant, sans oser regarder les images, des articles susceptibles de la renseigner sur le genre d'événement auquel elle était conviée. Enfin, pas elle exactement, mais...

Les rares articles ne lui apprirent pas grand-chose. Un animateur radio en vogue à New York y était présenté, en plus de quelques faits divers du milieu artistique et politique. Sans plus. C'est alors qu'elle se mit à lire, en désespoir de cause, la page du courrier des lecteurs. «Dieu que le monde est pervers!», pensa-t-elle. Des gens y racontaient toutes sortes d'histoires qu'elle croyait empreintes d'une bonne dose de fantasmes, plus qu'autre chose.

Elle se désintéressa rapidement de sa lecture, malgré l'étrange picotement que ces dernières lettres avaient provoqué. Elle parcourut distraitement les autres pages, mais resta bouche bée devant une série de photographies particulièrement suggestives. Deux femmes et deux hommes y étaient représentés dans des positions acrobatiques: un brun avec une blonde et un blond avec une rousse; ensuite le blond avec la blonde et la rousse avec le brun, puis la blonde avec la rousse... Laurence venait de tomber des nues. En même temps que son corps réagissait à ces images, son cerveau tentait, tant bien que mal, de rationaliser et de se convaincre que les gens normaux ne vivaient pas vraiment de cette façon. Mais si quelqu'un, dans cette ville, prenait la peine d'organiser un bal masqué, il devait bien y avoir une petite partie de la population, au moins, qui vivait de façon tout aussi dépravée!

Cette nuit-là, Laurence fit le premier rêve érotique de sa vie. Tout y passa: du jeune traître qui l'avait laissé choir — ses traits étaient déformés et sa queue immense, grâce à la magie du rêve — à une orgie démente à laquelle participaient tous ses collègues... qui portaient des masques transparents et rien d'autre! Elle s'éveilla en sueur, le corps brûlant et les cuisses écartées, désirant combler ce qu'elle s'était refusée trop longtemps. N'y tenant plus, elle se précipita à l'assaut de ce brasier. Au contact de ses doigts, son corps frémit et elle se mit à effectuer de petits mouvements circulaires, tentant de faire durer son émoi. Elle s'attarda tout autour de son sexe maintenant béant, grattant d'un ongle timide la petite boule de chair, érigée fièrement, qui la ferait jouir d'un instant à l'autre. Elle se surprit à penser, pour la première fois depuis des années, qu'il fallait quelqu'un d'autre pour calmer ce feu ardent. Une main, une langue ou une verge imposante. Insérant un doigt en elle, puis un deuxième et un troisième, Laurence assouvit du mieux qu'elle pût ce soudain désir. Sa main glissait en elle, la remplissant enfin, lui procurant d'innombrables soupirs et frissons, et, surtout, lui faisant réaliser à quel point cette sensation lui avait manqué. Elle s'imagina un amant, dur comme l'acier, lui déchirant les entrailles, l'écrasant sous son poids. Son autre main s'en fut rejoindre la première, mais s'attarda à l'entrée du corps, glissant doucement sur ses lèvres et son sexe humide. Quelques secondes suffirent et elle s'abandonna dans le premier orgasme qu'elle prit vraiment la peine de ressentir de toute sa vie.

* * *

Les jours suivants furent vécus à travers un épais brouillard. Laurence ne se reconnaissait plus. Elle était distraite et son travail en souffrait. Elle n'avait plus beaucoup d'appétit. Le soir, au lieu d'écouter sagement un film à l'eau de rose, elle s'installait avec sa revue maintenant écornée et tentait de déterminer quelle image la fascinait le plus. Elle les étudiait tour à tour avec une patience et une concentration presque cliniques, s'efforçant d'imaginer les sensations qu'elle ressentirait à la place des protagonistes. Mais l'imagination a ses limites... Elle finissait presque invariablement par se masturber au beau milieu du salon, rêvant à de nombreux corps emmêlés et anonymes. Au bout de quelque temps, sa décision était prise. Elle en était venue à cette conclusion presque malgré elle, n'obéissant qu'à un instinct primaire: elle assisterait au bal masqué.

* * *

Le jour venu, elle s'efforça tant bien que mal de ne pas penser à ce qui l'attendait. Elle se jetait à l'eau pour la première fois de sa vie, n'ayant aucune idée précise de ce qui allait se produire. Elle se sentait impuissante, comme attirée par un aimant invisible. Ce n'était pas vraiment elle qu'on invitait? qu'à cela ne tienne! elle ne pouvait plus reculer.

Elle fit en sorte de se tenir très occupée toute la journée; son zèle l'étonna elle-même. Elle parvenait à fonctionner comme un automate, appliquant son cerveau à deux tâches distinctes: son travail et son obsession. Que porterait-elle? Que verrait-elle? Ces questions, et de nombreuses autres, la hantaient impitoyablement.

À la fin de la journée, elle était fébrile. Maintes fois, elle se répéta qu'elle n'était nullement tenue de se rendre à cette soirée ridicule. Mais, inlassablement, un frisson d'anticipation la convainquait du contraire. Elle devait y aller ou y laisser sa raison. La remarque du groupe de femmes qui quitta le bureau sur un «Bonne fin de semaine, Laurence, on est sûres que tu vas t'éclater, comme d'habitude!» acheva de la décider. Eh bien! elle allait leur montrer. Pour s'éclater, elle s'éclaterait, foi de Laurence!

Elle décida de passer, le travail terminé, par l'un des grands magasins parsemant le chemin du retour. Après avoir examiné sa garde-robe — ce qui ne prit que quelques minutes — elle avait bien réalisé qu'elle ne possédait rien qui fut même vaguement approprié à une telle soirée. Elle n'avait pourtant pas la moindre idée de ce que les autres allaient revêtir! Mais elle se disait qu'une petite robe noire, simple mais attrayante, ferait sûrement l'affaire. Dès qu'elle pénétra dans le rayon des vêtements pour dames, elle la vit. Une toute petite chose, toute droite, toute légère... si différente de ce qu'elle avait l'habitude de porter! Elle partit l'essayer. En retirant la robe qu'elle portait, la banalité de ses sous-vêtements lui sauta aux yeux. Elle passa quand même la robe noire, qui lui allait comme un gant, et se dirigea vers le rayon de la lingerie. Elle choisit un ensemble soutien-gorge et culotte pas trop provocant, mais qui l'aurait sans doute fait sourciller quelques semaines auparavant. En essayant le soutien-gorge soyeux, seule devant la glace, Laurence se regarda d'un œil pour une fois indulgent. Ce qu'elle vit la dérouta. Elle n'avait jamais vraiment pris la peine de s'observer ainsi, de se regarder comme quelqu'un d'autre pourrait le faire. Un homme... Elle se trouva, à sa grande surprise, plutôt attirante. Les sous-vêtements délicats faisaient ressortir à merveille son teint pâle et la douceur de sa peau. Elle s'examina comme si ce corps, qu'elle croyait pourtant si bien connaître, lui était étranger. Cambrant les reins, elle s'imagina posant pour cette revue qui l'avait tant scandalisée... avant de l'exciter avec une telle intensité qu'elle en était presque choquée. Elle pourrait très bien faire l'affaire! Passant lentement la main sur le soutien-gorge, elle se caressa les seins, descendit le long de son ventre plat et longea la culotte. Elle releva une jambe sur le petit tabouret qui meublait la cabine et dévoila son sexe qui lui était maintenant plus familier. Une main légère vint effleurer la chair tendre entre ses cuisses, remontant langoureusement vers ce pubis trop longtemps assoiffé. Elle se masturba ainsi, devant la glace, elle qui auparavant n'aurait jamais même osé en envisager la possibilité. Au moment de jouir, elle ferma les yeux et le regretta immédiatement. Ce qu'elle vit, en les rouvrant, la fascina: elle était là, le souffle court, le visage rougi, les yeux perdus et les cheveux emmêlés. Était-ce vraiment elle? Elle était prête à tout. Elle se sentait enfin femme et, ce soir, elle reprendrait toutes ces années perdues.

Confuse, autant par le geste qu'elle venait d'accomplir que par les puissantes sensations physiques et émotionnelles qu'il avait déclenchées, Laurence paya sa marchandise et sortit du magasin d'un pas ferme et rapide. Il ne lui restait plus qu'un seul arrêt à faire. Elle vérifia l'adresse de la boutique d'accessoires de théâtre qu'elle avait repérée plus tôt dans le bottin et s'y rendit sans plus attendre.

Elle vit ce qu'elle cherchait en entrant. Une série de loups étaient accrochés aux murs, certains très fantaisistes, d'autres plus discrets. Elle en choisit un très simple, en velours noir, orné de velours de la même couleur. C'est en passant devant quelques perruques qu'elle ressentit une pointe d'appréhension. Un détail lui avait échappé... Et si on découvrait qu'elle n'était pas Andrée Beaulieu, la femme à qui l'invitation était adressée? Si cette femme avait une chevelure ou une physionomie totalement différente de la sienne? Il fallait qu'elle montre l'invitation. Si la personne à qui elle la présentait connaissait cette mystérieuse étrangère, la mettrait-on à la porte? Après tant d'anticipation? Elle décida que le jeu en valait la chandelle; elle improviserait. Elle pourrait prétendre que Madame Beaulieu ne pouvant venir, elle lui avait refilé l'invitation. «J'espère que cela ne cause pas de problème?», demanderait-elle avec son air le plus innocent. «Vous pouvez compter sur ma discrétion. Andrée n'aurait pas envoyé n'importe qui, vous la connaissez!», conclurait-elle. Ça pouvait marcher. Elle porterait une écharpe sur ses cheveux, juste pour entrer, afin d'éviter les questions.

En arrivant chez elle, excitée et le souffle court, elle se prépara un repas léger mais nourrissant. Elle aurait sans doute besoin de toute l'énergie dont elle pouvait disposer, ce soir. L'heure fatidique approchait. Laurence prit une longue douche, puis enduit son corps entier d'une huile à la douce odeur de lilas. Elle déposa délicatement quelques gouttes de parfum aux endroits stratégiques, comme elle le voyait faire dans ses films préférés: dans la nuque, derrière les oreilles, entre les seins, derrière les genoux et dans les cheveux. Elle ne prit pas beaucoup de temps pour se maquiller, le loup camouflant ses traits efficacement. Mais elle se permit toutefois une innovation: un rouge à lèvres écarlate dont elle recouvrit soigneusement ses lèvres, appliquant également, comme touche finale, le fixatif miracle que lui avait tant vanté la vendeuse de cosmétiques.

Fin prête, elle était satisfaite du résultat. Mais quelque chose clochait qui n'avait rien à voir avec son apparence: elle était d'une nervosité déconcertante. Elle résolut de se payer un petit verre de gin tonic, boisson qu'elle réservait aux occasions spéciales et à laquelle elle ne touchait pratiquement jamais, les «occasions spéciales» étant rares. Si celle-ci n'en faisait pas partie, elle se demandait bien quels devaient en être les critères! Elle but son verre en une seule gorgée et s'en prépara immédiatement un autre. Elle ressentit presque aussitôt une chaleur satisfaisante et un bien-être encourageant.

Elle appela un taxi, avant de se dégonfler, et le chauffeur klaxonna devant sa porte, quelques minutes plus tard.

Pendant le trajet, elle tenta de libérer son esprit de toutes les questions qui la hantaient. Peut-être serait-elle déçue? «Mais il est difficile d'être déçue quand on n'a aucune idée de ce qui nous attend!», songea-t-elle pour la millième fois. Très rapidement — trop, pensa-t-elle — le chauffeur s'arrêta devant l'adresse qu'elle lui avait donnée. Devant elle, un bâtiment ordinaire qui ne laissait rien présager des activités y ayant cours. Brique rouge, aucune enseigne. Elle vérifia le carton d'invitation, s'assurant d'avoir le bon numéro. C'était bien là... Elle paya distraitement le chauffeur, en proie à une soudaine panique. Et si on ne la laissait pas entrer? Elle devrait marcher jusqu'à une rue plus passante, les voitures se faisant très rares ici. Cela réglerait son problème... mais il lui fallait quand même essayer. «Trop tard pour reculer, maintenant!»

Ses craintes s'avérèrent non fondées. De toute évidence, la discrétion qu'on attendait des visiteurs était réciproque. Elle entra dans le bâtiment et un homme masqué vint aussitôt à sa rencontre.

— Bienvenue! Puis-je voir votre invitation, s'il vous plaît?

Laurence lui tendit le carton d'une main qui tremblait légèrement. L'étranger la remercia et lui prit doucement le bras pour la conduire à la salle des festivités avant de s'éclipser. Elle dut rester plantée là un bon moment, mais elle reprit tout de même ses esprits, quand elle réalisa qu'elle avait arrêté de respirer.

Son cerveau eut besoin de quelques bonnes minutes pour absorber ce que ses yeux lui projetaient. Même ses idées les plus folles n'arrivaient pas à adoucir la scène qui se déroulait devant elle. Une foule d'étrangers évoluaient sur une vaste piste de danse, se frottant lascivement les uns contre les autres, au son d'une musique lancinante. L'éclairage tamisé rendait l'atmosphère encore plus surréaliste. L'immense pièce avait été décorée afin de ressembler à un château médiéval: les murs de pierre étaient recouverts de tapisseries anciennes et d'énormes torches étaient accrochées, çà et là, plongeant le tout dans une lumière ambrée qui semblait détenir une vie propre.

«Les flammes de l'enfer dans lequel je vais brûler pour l'éternité, sans aucun doute!», se dit Laurence en inspirant profondément.

Des hommes et des femmes s'y mouvaient; quelques-uns nus; d'autres vêtus d'accoutrements plus bizarres les uns que les autres; la plupart de vêtements ordinaires, comme elle. Leurs points communs? Aucun visage n'était visible et aucun corps n'était bien loin d'un autre. Des coussins moelleux avaient été disposés le long des murs et dans de petites alcôves où des couples de toute engeance s'ébattaient plus ou moins discrètement et sans provoquer la moindre réaction du reste de la salle. Très peu d'entre eux, cependant, faisaient carrément l'amour, se contentant de caresses de plus en plus soutenues.

Après quelques minutes d'observation, Laurence remarqua que les couples prenaient le temps de se séduire. Chacun paraissait chercher le partenaire idéal selon des critères qui excluaient à peu près toutes les exigences normales, à l'exception de ce que le corps dégageait de désir. Parfois, l'un de ces corps semblait avoir trouvé un partenaire à la hauteur de ses sens; le couple se caressait alors discrètement, s'explorant mutuellement. Si le désir montait selon leurs attentes, ils se réfugiaient dans un coin et disparaissaient pratiquement de la vue de l'assemblée. S'ils ne se plaisaient pas suffisamment, chacun partait de son côté, à la recherche de l'inconnu ou de l'inconnue qui lui procurerait ce qu'ils souhaitaient trouver.

Rien n'était frénétique, forcé ou déplaisant. L'on semblait respecter le désir de chacun de prendre le temps de découvrir ce qu'il était venu chercher, les laissant libres de butiner de l'un à l'autre sans promesse. Une sorte de politesse
et de civisme presque palpables flottaient dans l'air, chacun
semblant veiller à la satisfaction de l'autre. Laurence était
fascinée. Qui se cachait derrière tous ces masques? Des
hommes d'affaires? Des ouvriers? Des mères de famille?
Des professionnelles? Peu importait, ici, car tous avaient le
même statut, le même souhait.

Des vases d'argent disséminés un peu partout contenaient des condoms de toutes sortes; les gens les prenaient
librement, venaient parfois les choisir avec leur partenaire.
De grands récipients qui semblaient contenir soit du
«punch», soit de l'eau glacée, ainsi que diverses boissons
étaient disponibles et chacun se servait à volonté.

Laurence retira l'écharpe qui lui recouvrait les cheveux,
la noua négligemment autour de sa taille et se dirigea lentement vers l'une des urnes. Sa gorge reconnaissante avala le
délicieux philtre, lui permettant un dernier répit avant de se
décider de joindre la fête.

Elle n'attendit pas bien longtemps. Elle allait se verser
un autre verre quand une main douce comme du velours lui
chatouilla le cou. Elle ne bougea pas un muscle, refusant de
se retourner, accueillant de tout son cœur cette caresse qui
lui évitait d'avoir à faire les premiers pas, qui brisait la glace,
en quelque sorte.

La main remonta dans sa chevelure, effleurant les
oreilles, dessinant chaque courbe d'un doigt habile. Une
main de femme? D'homme? De femme, sans doute. Un
homme savait-il être si doux? Elle ferma les yeux et se laissa
aller à la caresse. La main, encouragée, descendit le long de
son dos, lui encercla la taille et vint doucement flatter son
ventre, tandis que des lèvres touchèrent son cou. Une bouffée

de chaleur lui monta soudainement à la tête et Laurence se retourna enfin, affrontant l'insolent — mais combien attirant — personnage.

Une femme se tenait devant elle, la dépassant d'une bonne tête, aidée de chaussures aux talons vertigineux. Une chevelure d'ébène cascadait sur ses épaules, effleurant les hanches. Laurence rougit furieusement, flattée et confuse. Des yeux sombres la fixaient à travers un loup orné de paillettes multicolores. Ceux-ci semblaient s'harmoniser au sourire tendre qui se dessinait sur les lèvres de l'étrangère. Celle-ci paraissait attendre un signe de la part de Laurence.

— Je ne... je n'ai jamais...

— Vous venez d'arriver, je crois. Je vous laisse faire le tour. Peut-être se verra-t-on plus tard?

— Oui, peut-être.

Laurence ne pouvait nier que les caresses prodiguées par cette femme superbe l'avaient troublée. Mais elle n'était pas venue ici pour connaître les joies qu'une femme pourrait lui apporter. Que non! Elle avait bien d'autres expériences à faire.

Suivant cette pensée, elle osa enfin se rendre à la piste de danse. Sade baignait la salle de sa voie feutrée et sensuelle; les corps se mouvaient selon un rythme lent, laissant les vagues de musique les transporter dans des poses parfois provocantes, parfois lascives. Laurence, pour qui la danse n'était pas coutumière, se laissa enfin aller, timidement au début, puis, grisée par ce monde nouveau qui l'entourait, avec plus de confiance. Elle fit abstraction de ses préjugés, de toutes ses attentes, laissant enfin son corps et son esprit savourer le moment présent.

Elle aperçut un homme qui dansait seul et qui s'approchait lentement. Il était de taille moyenne, portait un jean, une camisole noire et un tout petit masque lui cachant à peine les yeux. Ses longs cheveux étaient retenus par une queue de cheval. Il dégageait une certaine arrogance, une maîtrise de lui qui déplurent à Laurence. Mais il était déjà tout près d'elle.

— Tu me veux?

— Je ne sais pas... je viens juste d'arriver.

— Allez... avoue, tu me veux.

Sur ce, il lui saisit les seins sans ménagement, puis les fesses, plaquant son corps contre le sien en plaçant rudement un genou entre ses jambes pour lui faire écarter les cuisses. Laurence se raidit d'un seul coup et ne sut quoi faire. C'est alors qu'un homme à la carrure athlétique fit son apparition, repoussant l'intrus de façon polie mais convaincante.

— Merci... je ne suis pas vraiment habituée à ce genre de comportement.

— Il n'a pas sa place ici. Probablement un type qui est entré avec une invitation adressée à quelqu'un d'autre... Malheureusement, ce sont des choses que nous ne pouvons éviter. Désirez-vous que je vous laisse?

— Non! Non, au contraire...

Il était vêtu d'une chemise toute simple et de pantalons amples, retenus par une fine ceinture de cuir. Il plaça les mains de Laurence autour de sa taille, qu'elle palpa d'une main légère et hésitante, avant de parcourir ce corps ferme, ce dos ciselé. Elle laissa courir ses mains le long des côtes de l'homme, explorant chaque muscle, du cou massif aux fesses rebondies. Elle apprécia ce qu'elle touchait et aurait bien voulu voir son visage. Mais celui-ci était entièrement recouvert d'un masque de feutre. Pas un simple loup, qui aurait permis de distinguer la forme de son visage... Laurence tenta de glisser ses doigts sous le masque, afin de sentir la mâchoire et les lèvres de l'inconnu, mais celui-ci lui saisit le poignet, doucement mais fermement. Il happa son autre poignet et les joignit derrière sa nuque où elle pouvait au moins caresser de doux cheveux bouclés. Les mains puissantes de l'homme descendirent le long de son corps, effleurant au passage le côté de ses seins, sa taille, ses fesses. Il se fit plus insistant, la soulevant presque de terre, massant son dos et pétrissant ses fesses d'un toucher à la fois énergique, passionné et délicat.

— Viens... murmura-t-il.

Elle le suivit dans l'une des alcôves, convaincue qu'il était maintenant trop tard pour reculer. L'homme la souleva complètement, cette fois-ci, réussissant à l'asseoir sur une saillie du mur. Elle entoura sa taille de ses jambes, écrasant son corps frémissant contre la poitrine chaude et invitante de l'homme. Elle aimait son parfum, elle appréciait son toucher, ses mains sur elle. Elle eut le besoin subit de l'embrasser, de regarder son visage.

— Enlève ton masque.

— C'est le but de cette soirée... préserver l'anonymat. Je ne peux pas l'enlever...

— Je veux t'embrasser, voir ton visage!

— Tu l'auras voulu...

Il retira son masque. Un large bandeau noir lui recouvrait les yeux et le front. Il avait donc prévu le coup... mais pas elle. Une importante cicatrice parcourait sa joue droite, débutant sous le bandeau vis-à-vis de l'œil, traversant la lèvre et se terminant à l'extrémité gauche du menton. Il se prépara à la quitter, certain que cette image lui déplairait. Elle le sentit et se dépêcha d'embrasser la balafre, laissant sa langue courir tout le long, s'arrêter sur ses lèvres avant de l'embrasser à pleine bouche. Elle lui mordilla le cou, les lèvres, buvant son odeur, assoiffée.

Les mains de l'homme s'emparèrent de sa robe, parcoururent son dos afin de la dégrafer. Il découvrit enfin ses seins qu'il embrassa fougueusement. Puis son cou, sa bouche, ses yeux. Laurence était toujours perchée sur la saillie du mur. Dans son dos, la pierre éraflait la peau alors que, sur son ventre, le sexe gonflé de l'homme se faisait impétueux. Il la souleva une autre fois, remonta sa robe sur les hanches et fit descendre sa culotte d'une main habile. Laurence se retrouva presque entièrement nue, sa robe chiffonnée autour de la taille étant le dernier vestige d'une trop longue abstinence. Il la déposa sur les coussins, retira son pantalon et explora enfin ses cuisses. Laurence put à peine réprimer un petit cri. En effet, elle sentait son sexe ruisseler sous elle et une douleur sourde lui envahir le ventre. Quand l'homme déposa sa langue chaude sur son sexe sans prévenir, elle jouit d'un seul coup, sans pouvoir ni vouloir se retenir. Son corps trembla tant que l'homme s'en rendit compte et lécha goulûment la sève chaude qui s'échappait d'elle. Sa main prit le relais, massant cette peau qui désirait tant être caressée, et Laurence se laissa aller à cette douce étreinte, la tête renversée sur les coussins.

C'est là qu'elle la vit. La femme qu'elle avait rencontrée au début de la soirée se tenait discrètement dans un coin, les observant attentivement. D'un geste lent, s'assurant que Laurence la distinguait, elle glissa l'une de ses longues mains entre ses cuisses, laissant ses doigts fins se perdre dans la douce toison. Tandis que l'homme pénétrait Laurence de ses doigts hardis, la femme s'approcha, venant prendre place à la tête de Laurence. Elle lui effleura doucement les seins, puis les lécha de ses lèvres si rouges. Celles-ci se refermèrent sur les pointes bien dressées des petits seins de Laurence, laissant des traces de rouge à lèvres foncé tout autour. Puis elle glissa le long de sa gorge, jusqu'à sa bouche offerte.

L'homme se retira et l'étrangère se plaça au-dessus de Laurence, frottant ses énormes seins contre les siens. Leurs sueurs se mêlaient, de même que leurs odeurs. La jambe de l'étrangère écarta les cuisses de l'autre femme, laissant les sexes frotter l'un sur l'autre, leurs sèves intimes séparées seulement par le mince tissu de la robe de l'inconnue. Puis, lentement, elle lui embrassa le ventre, les hanches, jusqu'à ce que sa langue vint enfin goûter son sexe chaud. Laurence protesta faiblement. Elle n'était pas venue ici pour faire l'amour à une femme... C'est l'homme qu'elle voulait avec tant d'ardeur! La femme le sentit et lui dit:

— Ne crains rien, il sera à toi bientôt...

Sur ce, ses doigts écartèrent les lèvres gonflées de Laurence, découvrirent le petit bouton bien exposé et s'en emparèrent. Par mouvements circulaires des doigts puis de la langue, elle la fit frémir, puis jouir, avant de disparaître soudainement dans un nuage de soie. L'homme, quant à lui, ne s'était pas offusqué du spectacle offert, les deux femmes glissant l'une sur l'autre, corps emmêlés. Laurence était confuse du plaisir qu'elle venait de subir contre toute attente. Mais elle sourit à l'homme qui semblait attendre un geste de sa part. Il vint reprendre sa place et lui procura, des doigts et des lèvres, des sensations exquises. Elle n'était plus qu'un immense sexe, moite et gonflé, se repaissant, se gavant de ces caresses tant attendues. Toute logique, tout rationnel l'avaient quittée. Elle n'était plus qu'un corps auquel des étrangers prodiguaient des soins indescriptibles. Sa gorge était sèche et des larmes de bonheur coulaient nonchalamment de ses yeux embués.

Elle sentit, au loin, une nouvelle vague venir la soulever, balayant toute trace de lucidité sur son passage, pour la dévaster, la posséder et la laisser tomber dans un orgasme bouleversant. Avant même que son corps se soit calmé, l'homme la releva et la déposa de nouveau contre la saillie du mur et s'enfonça complètement en elle, achevant de la combler tout à fait. Elle le croyait immense. L'était-il vraiment? Elle n'aurait su le dire, ses références personnelles étant trop peu nombreuses. Elle le sentait dur comme fer, sa lance ondulant en elle, cognant chaque fois son dos contre le mur de pierre, meurtrissant délicieusement sa douce peau à chaque assaut.

Il la possédait entièrement, allant et venant en elle de tout son corps, tendrement, puis plus brutalement. Quand il se déversa en elle, un ultime frisson la secoua et elle retomba sans force dans ses bras, molle comme une poupée de chiffon.

Son partenaire la coucha délicatement sur les coussins de velours. Elle glissa dans une douce léthargie, seulement quelques instants. Mais quand elle rouvrit les yeux, il avait disparu. Elle était seule. Laurence voulut retenir en elle ce sentiment de détachement, cet abrutissement. Mais, déjà, ce corps solide lui manquait. Elle avait tant attendu, elle en désirait plus! Elle se rhabilla rapidement, les jambes chancelantes, et partit à sa recherche. Était-il déjà avec quelqu'un d'autre? N'étaient-ils pas censés dire quelque chose? Tenter de se revoir, peut-être?

Elle parcourut la salle une première fois sans le voir. Elle se servit un verre d'un geste incertain et tenta encore de le trouver. Mais il semblait s'être volatilisé. Elle fit le tour de toutes les alcôves avec une urgence de plus en plus grande, essayant, malgré la panique croissante, de se faire discrète. Parmi tous les couples enlacés — hommes femmes, femmes femmes, hommes hommes — il n'était nulle part. Elle hésita. Devait-elle rester encore un peu dans l'espoir de le voir réapparaître? Ou risquer de l'apercevoir avec quelqu'un d'autre et détruire ce qui deviendrait, sans doute, un précieux souvenir? En désespoir de cause, Laurence ravala sa frustration et quelques larmes et se dirigea vers la sortie.

— Vous aimeriez un taxi, madame? s'enquit un homme derrière le comptoir.

— Oui, ce serait gentil, merci.

C'était le même homme qui l'avait accueillie à son arrivée. Il se retourna vers le téléphone derrière lui et c'est alors qu'elle remarqua le petit ordinateur portatif et les disquettes qui traînaient tout près. Laurence ne prit même pas la peine de s'interroger et s'empara, d'un geste rapide et furtif, de la disquette identifiée: «Invités». Se retournant une fraction de seconde plus tard, l'homme lui assura que le taxi arriverait d'un moment à l'autre. Elle le remercia, affirmant qu'elle irait l'attendre à l'extérieur, et s'enfuit dans la nuit.

* * *

Cela dura un mois. Chaque fois qu'elle sortait, elle cherchait un homme arborant une longue cicatrice au visage. Elle croyait le voir partout et, pourtant, ce n'était jamais lui. Sa quête devenait une hantise, un délire. Elle accostait de parfaits étrangers sur la rue simplement parce que, de dos, ils avaient la même carrure que celui qu'elle cherchait avec tant d'urgence. Cette nuit-là l'avait complètement transformée. Comment pourrait-elle jamais recommencer à vivre comme avant? Elle devait absolument connaître à nouveau ces sensations, avec lui ou avec quelqu'un d'autre. Mais avec lui, de préférence...

Elle réalisait bien que l'amplitude de son plaisir venait probablement, pour une large part, du fait qu'elle ne savait rien de cet homme. Mais une petite voix lui murmurait sans cesse, telle une idée fixe, que c'était lui qu'elle devait revoir. Pas juste un homme, lui. Peut-être était-il marié ou vivait-il dans une autre ville? Ces pensées la désespéraient.

Et la damnée disquette qui ne lui avait rien appris... Évidemment! Comment pourrait-elle retrouver un homme dont elle ignorait même le nom? Une liste de noms lui était en effet tout à fait inutile. Si au moins elle avait un indice... un prénom, quelque chose! Elle pourrait toujours se présenter chez chacun des hommes de la liste... mais, en l'absence d'un subterfuge solide, elle n'en aurait jamais le courage. Après un mois d'insomnie, de désirs inassouvis, Laurence était désespérée.

C'est alors que, subtilement, l'idée germa en sa tête. Elle

la tourna et la retourna dans tous les sens pendant plusieurs jours, pesant le pour et le contre. Elle en acquit la certitude: c'était le seul et le meilleur moyen. Sans plus attendre, Laurence mit son plan à exécution, étape par étape. Elle avait des recherches à faire: dénicher le site idéal qu'elle finit par trouver. Pour l'étape cruciale, elle prit un jour de congé — son travail avait pourtant assez souffert, dernièrement! — et mit finalement son projet au point.

Une semaine plus tard, aux quatre coins de la ville, une centaine de personnes reçurent un joli carton d'invitation:

«Vous qui avez contribué
à faire de notre premier bal masqué
un succès inespéré,
Vous qui vous êtes joint à nous auparavant
dans la recherche des plaisirs interdits,
Vous qui savez explorer vos désirs et vos passions,
Vous qui appréciez la discrétion de nos explorations...»

«CHER JULIEN»

«*Cher Julien,*

Je t'ai vu jouer au Crystal Club, samedi dernier. Tu étais resplendissant, comme d'habitude. Mes copines me disaient que j'aurais dû aller te voir, te parler, essayer de t'intéresser, mais j'en ai été incapable. Ce n'est pourtant pas la première fois que j'y pense!

Je dois être ta plus fidèle admiratrice. Mais tu dois en avoir des tonnes... Pas comme moi, cependant, ça je te le jure.

J'ignore si c'est ton visage, perdu dans je ne sais quel monde, tes mains caressant les cordes de ta guitare ou ton talent sublime qui me mettent dans cet état lorsque je te vois. Peut-être tes longs doigts, que je regarde se balader amoureusement sur le manche, semblant sentir chaque vibration, la faire naître et mourir? Quelque chose en toi me projette dans un état de transe. Plus rien n'existe. Aucun autre son, aucune autre image. Je ne suis plus dans un bar bruyant, il n'y a plus de fumée ni personne. Je flotte dans une sorte de bulle qui ne

*contient que toi. Seulement toi, ton regard éperdu et ta
musique.*

*Peut-être, la prochaine fois, me déciderai-je enfin à
t'aborder? Je n'en sais rien. Pour le moment, tout ce
que j'ose faire, c'est te montrer que j'existe. Qu'il y a,
quelque part, une femme qui brûle d'envie de te
connaître, qui serait folle de joie à l'idée qu'une de ces
mélodies, à laquelle tu donnes vie, ait été inspirée par
elle.*

*Mais, je m'emballe! Pardonne-moi. Je me contenterai
de découvrir où tu te produiras prochainement et irai
t'observer, t'admirer... te désirer.*

À bientôt,

X»

Julien n'en revenait tout simplement pas. De toute sa carrière, il ne lui était jamais rien arrivé de semblable. À bien y
penser, le mot «carrière» était peut-être un peu exagéré pour
parler de sa musique. Cette musique, qui lui avait à peine procuré de quoi se nourrir et se loger depuis les quatorze dernières années, lui avait valu plus de soucis que de gloire.
Cette musique, dont il ne pouvait se passer, lui avait même
coûté Janelle.

Il froissa la lettre qu'il venait de lire, puis se ravisa. Quel
homme pouvait se permettre de jeter aux ordures une telle
missive? Elle venait probablement d'une adolescente ou
d'une jeune femme à peine assez âgée pour pouvoir légale-
ment entrer au *Crystal Club*... ou alors de quelque frustrée
n'ayant comme seul recours qu'un moyen aussi détourné
pour démontrer son intérêt. Il ne pouvait cependant nier son
contentement. Pas question de s'en cacher! Il n'avait jamais
— du moins, depuis aussi longtemps qu'il s'en souvienne —
été l'objet d'une telle admiration de la part d'une femme.
Même de la part de Janelle...

Ils s'étaient rencontrés dans l'un de ces bars à la mode où il jouait avec son groupe. Il l'avait tout de suite remarquée, mais n'arrivait pas à trouver quelque chose d'intelligent ou de cohérent à articuler pour entamer la conversation. Il faut dire, pour sa défense, qu'il était plutôt habitué à voir les femmes faire les premiers pas, même si ça n'aboutissait généralement pas à grand chose. Surtout dans ce genre d'endroit... Mais Janelle n'avait pas levé les yeux sur lui. Ce n'est que plus tard, durant le spectacle, alors que Ian, le chanteur, avait demandé si quelqu'un de la foule avait envie de venir «blueser» qu'elle s'était levée. Elle était montée sur la scène d'un pas confiant et, après lui avoir adressé un sourire à faire fondre n'importe quelle banquise, s'était mise à chanter.

Il avait dès lors senti les premiers signes annonciateurs du fameux coup de foudre: ses mains se couvrirent d'une fine couche de sueur, gênant son jeu à la guitare, et sa tête s'était mise à bourdonner pour une toute autre raison que la batterie tonitruante à quelques pas de lui. L'adrénaline, qui avait envahi son système nerveux, lui avait presque fait croire qu'il succombait à un quelconque mal. Mais non, ce n'était qu'elle...

Bref, la soirée s'était poursuivie beaucoup mieux qu'elle n'avait commencé. Vers les 2 h, Julien était éperdument amoureux d'une fille dont il ne savait que très peu de choses. Seulement qu'il n'existait, dans sa vie, aucun grand secret pouvant tout gâcher: aucun mari ténébreux, aucun problème à l'horizon... Elle était à l'image de ses rêves et ils vécurent ensemble pendant plus de quatre ans.

Il chassa ces pensées de son esprit avant qu'elles ne deviennent douloureuses et reporta son attention sur la lettre de son admiratrice. Malgré le souvenir de Janelle et du chagrin qu'elle lui avait plus tard infligé, il ne put s'empêcher de ressentir une pointe de curiosité flattée.

Il reçut un autre message quelques jours plus tard.

«*Mon très cher Julien,*

Hier soir, tu étais encore plus attirant que d'habitude. Ce sont tes cheveux qui m'ont enflammée au lieu de tes mains, cette fois-ci. L'éclairage rendait tes boucles si brillantes... je les imaginais effleurer doucement mon visage.

Je ne te vois jamais avec une femme, Julien. As-tu été blessé? Peut-être ne peux-tu te contenter d'une seule? Hier soir, je t'imaginais nu sur cette scène. Je te voyais seul sous les lampes multicolores, ton corps baignant dans cette orgie de couleurs. Et moi, près de toi, immobile et t'admirant secrètement.

Bientôt, j'aurai le courage de me présenter à toi. J'ai seulement besoin de la certitude que ton corps et ton cœur n'appartiennent à personne. Je me donnerais à toi toute entière, si je savais...

À bientôt, Julien.

X»

Ah! Elle voulait être certaine que son cœur n'appartenait à personne? Cette phrase le ramena malgré lui aux quatre années de bonheur presque total qu'il avait partagé avec Janelle. Ce bonheur interrompu si stupidement...

Il parvenait, à l'époque, à subvenir à ses besoins mais elle, de son côté, peignait et vendait de plus en plus de toiles. Elle se mit à lui reprocher fréquemment de ne pas la gâter autant qu'elle le faisait pour lui. Quand il essayait de lui faire entendre raison sur un voyage hors de prix, soulignant qu'il serait plus sage et tout aussi satisfaisant de rester aux alentours, elle l'accusait d'égoïsme et de ne plus l'aimer suffisamment pour consentir de petits sacrifices. Enfin, tout ça pour dire qu'il ne gagnait pas assez d'argent et ne lui prouvait pas adéquatement son amour, alors qu'elle était de plus en plus riche et généreuse. On sait bien que les femmes, par principe, sont parfaites! Mais son attitude devenait insupportable. Jusqu'au jour où elle lui lança au visage qu'elle était persuadée qu'il s'obstinait à continuer «son petit orchestre minable» dans le seul but de se faire harceler par de belles jeunes filles à longueur de soirée.

Ç'a été le coup de grâce. Pour la première fois en plus de quatre ans de vie commune, elle s'était abaissée à l'insulte suprême, refusant de comprendre les motivations profondes de Julien. Pourtant, jamais il ne lui avait laissé croire qu'il pourrait lui être infidèle. Jamais! Il n'osait même pas faire mine de regarder une autre femme, sachant sa chère moitié beaucoup trop possessive et susceptible. De plus, il en était toujours follement amoureux. Grand pacifiste, il préférait éviter les discussions désagréables... elle était, d'ailleurs, convaincue d'avoir toujours raison...

Cela faisait deux mois qu'elle lui avait lancé l'ultimatum: ou bien il s'arrangeait pour faire une vie plus «normale», c'est-à-dire avec un revenu supérieur et une présence assurée à l'appartement après 22 h, ou bien il trouvait un nouveau logement et une autre personne avec qui le partager.

Pour une fois, il avait tenu bon, ne sentant plus le besoin de justifier son mode de vie. Il était parti sans faire de vagues, sans protester. Mais, le hic, c'est qu'elle lui manquait terriblement. Il s'était retenu, les premiers jours, pour ne pas essayer d'arranger les choses. Ne recevant aucun signe de sa part, il s'était finalement résigné. Il était peut-être temps, après tout, de tourner la page.

Il resta près de deux semaines sans nouvelles de sa mystérieuse correspondante. Mais il était vrai que les spectacles n'étaient plus aussi fréquents. Julien commençait à penser que sa mystérieuse «fan» avait trouvé quelqu'un d'autre quand, enfin, sortant de la loge d'un bar miteux, il remarqua une missive à son nom, collée sur la porte.

«*Bonjour,*
Pardonne-moi de ne pas t'avoir donné signe de vie,
mais j'ai raté ton dernier spectacle. Ça n'arrivera plus
jamais! Tu penses peut-être que je suis un peu bizarre
ou que je me cache derrière ces lettres parce que ce
que j'aurais à te montrer n'est pas très flatteur. Crois-
moi, il n'en est rien... Tu le sauras, d'ailleurs, bien
assez tôt...
Je te quitte, mais ce n'est qu'un au revoir... À très, très
bientôt.
X»

* * *

Ce soir-là était très important pour l'avenir de l'orchestre de Julien. Six groupes se produisaient sur la scène du *Spectrum* et il était censé y avoir plusieurs personnalités de l'industrie en quête de la prochaine sensation. Tous les membres de l'orchestre étaient extrêmement nerveux, mais d'une nervosité positive. Ils avaient d'ailleurs passé une partie de la journée à installer le matériel, chaque groupe tentant de s'assurer la meilleure sonorisation le moment venu. Ils tentaient tant bien que mal de se détendre dans la loge quand André, le préposé à l'entrée, vint frapper à leur porte. Il présenta une lettre à Julien, lui adressant un petit clin d'œil complice. Julien bondit de son fauteuil et devant la confirmation d'André que la mystérieuse inconnue était bien venue, il tenta de lui arracher une description.

— Oh! tu sais, moi... C'était une fille. Assez grande. Elle portait l'une de ces casquettes... alors je n'ai pas vu la couleur de ses cheveux. Et des lunettes fumées. Alors... mais elle avait l'air bien, pour une fille.

André n'était pas d'un grand secours. Étant un homosexuel convaincu et fier de l'être, il prétendait que les filles se ressemblaient toutes. Excédé, Julien déchira l'enveloppe.

«Salut Julien,
Je serai à tes côtés ce soir. Je te regarderai et penserai
très fort à toi. Je suis certaine que vous aurez un succès
monstre... il serait presque dommage que nous ne
puissions le partager ensemble. Et, qui sait, peut-être
que ce soir sera le bon? Je passerai la soirée à peser le
pour et le contre. Mais je peux te promettre que tu ne
seras pas déçu quand, enfin, nous nous rencontrerons.
À plus tard, peut-être. Du moins, à bientôt...
X»

Julien relut le message à plusieurs reprises. Il espérait qu'elle se manifesterait, surtout si le spectacle se passait bien. Si, au contraire, cette soirée tournait mal, il serait sûrement morose et pas d'humeur à faire la conversation à une étrangère. Une étrangère qui, de surcroît, ne serait probablement pas du tout son genre. Il plaça finalement l'enveloppe dans son étui à guitare, avec les autres. On verrait bien...

Julien tenta de se concentrer sur le spectacle à venir. Les autres membres du groupe passaient les différentes pièces en revue afin d'éviter, dans la mesure du possible, les accrochages imprévus. Mais il avait la tête ailleurs. Et si cette femme lui faisait oublier Janelle une fois pour toutes? Janelle qu'il avait tant aimée, malgré ses sautes d'humeur et son piètre appétit sexuel. Il avait été perturbé, au début, par la rareté avec laquelle elle se donnait à lui. Mais il devait bien admettre que chaque fois était inoubliable. Elle ne faisait pourtant pas preuve d'une imagination hors de l'ordinaire et ne se prêtait pas à des jeux sexuels particuliers, mais elle témoignait d'un je ne sais quoi d'abandon qui la rendait attachante et attendrissante. Il revint au moment présent, tentant une fois de plus d'enfouir ces douloureux souvenirs. Peut-être, après tout, aurait-il une agréable surprise en rencontrant sa nouvelle admiratrice...

Il se posait encore d'innombrables questions au moment de monter sur scène. Les musiciens se donnèrent une petite tape d'encouragement dans le dos, presque un rituel lors des soirées importantes, et prirent leur place respective. L'atmosphère était surchargée, la salle comble. La foule les accueillit comme s'ils étaient attendus et chacun se laissa aller, avec confiance, à faire vivre son instrument.

Dès les premières mesures, Julien se sentit invincible. «C'est pour ça que je fais de la musique!», se dit-il après une pièce particulièrement bien interprétée et à laquelle l'auditoire réagit presque avec délire. En réalité, ça se passait si bien que Julien en ressentait un plaisir presque sexuel. Si Janelle avait pu vivre quelque chose de semblable, une telle exaltation face à son art, jamais elle n'aurait agi de la sorte! L'adrénaline le maintenait sur la corde raide, procurant à ses nerfs une sensibilité reflétée dans son jeu. Durant le solo de guitare de la dernière pièce, il se sentait comme un dieu et aurait été prêt à jurer qu'il n'avait jamais donné de si belle performance. Et il se rendit soudainement compte qu'il était chanceux d'avoir sa guitare devant lui... L'érection latente qu'il traînait depuis le début du spectacle en était enfin à son plein déploiement.

Les cinq musiciens quittèrent la scène sous les applaudissements. «On les a eus!», se félicitaient-ils tous. Personne n'osait énoncer tout haut quoi que ce soit, mais leurs sourires en disaient long. Quand les applaudissements scandés et insistants de la foule les rappelèrent sur scène, ils y coururent. La pièce qu'ils jouèrent en rappel sembla plaire autant que le reste et Julien s'en retrouva encore plus excité. Son membre manifesta la même satisfaction en prenant davantage d'ampleur.

Quand, enfin, ils quittèrent les planches pour de bon, les

musiciens étaient survoltés. Ne disposant que d'une quin-
zaine de minutes de relâche avant de devoir débarrasser la
scène de leur équipement, ils s'empressèrent de se diriger
vers la loge afin de se réjouir.

Julien étant le dernier, personne ne réalisa qu'il ne suivait plus. Une femme, qu'il ne pouvait discerner, lui avait
saisi le bras et l'entraînait dans un petit réduit noir comme la
nuit. Une porte se referma derrière lui. Il tenta de protester,
mais elle lui plaqua sa bouche humide sur les lèvres. Et quelle
bouche! Une langue exigeante l'envahit aussitôt. Exigeante,
mais à la fois timide... comme une passion mal contenue. Le
baiser sembla durer quelques minutes.

— Julien, je t'en prie, ne pars pas...

La voix était douce, presque un chuchotement. Elle ne lui
donna pas le temps de répondre et se mit aussitôt à l'embrasser. Julien, qui n'avait rien perdu de son érection, sentit
celle-ci monter d'un cran. Était-ce sa mystérieuse correspondante? À quoi ressemblait-elle? Ses baisers étaient fort
agréables, mais il n'avait aucune envie de voir, à sa
sortie, que ce qui l'avait agressé faisait dans les 150 kilos et
avait un visage de sorcière! Il avança des mains hésitantes
pour toucher la taille de la fille. «Hum! pas mal! J'en fais le
tour avec mes mains, c'est bon signe... du moins pour cette
partie-là.» Il laissa ses mains descendre le long des hanches,
n'y rencontrant que courbes agréables.

L'inconnue, encouragée par son geste, se fit plus hardie.
D'une cuisse bien placée, elle jugea de la réaction de l'entrejambe de Julien et ne fut pas déçue. Ses petites mains lui
agrippèrent les fesses, descendirent le long des cuisses, puis
passèrent à l'avant, où elles tentèrent de défaire son pantalon.

— Eh! je dois retourner là-bas...

— Oui, dans une minute, chuchota-t-elle.

Elle se baissa lentement et graduellement, accrocha au
passage quelques baisers furtifs le long de son cou encore

moite et sur sa poitrine. Profitant de ce mouvement, Julien laissa ses mains glisser sur deux seins volumineux et fermes, qui semblaient être bien à l'étroit dans une chemise ajustée. «De mieux en mieux!», se dit-il. Mais voilà, il se devait de retourner à la loge. Comment se déprendre d'une situation qui n'était, tout compte fait, vraiment pas désagréable? «Quel homme serait assez con pour ne pas vouloir en profiter?» songea-t-il avec conviction, pour se donner bonne conscience.

La fille, elle, avait déjà pesé le pour et le contre et poursuivait un but bien précis. Ayant enfin réussi à baisser son jean trop serré, elle semblait vouloir apprivoiser sa queue maintenant libre de toute entrave par de petits coups de langue malicieux. Julien gémit, décidant que, après tout, les gars pouvaient bien se débrouiller sans lui. Sa conviction se raffermit pour de bon quand la bouche gourmande l'engloutit complètement, le caressant d'une langue bien mouillée, laissant couler la chaude et douce salive le long de son membre.

Un dernier soubresaut de lucidité poussa Julien à vouloir sentir les cheveux de sa bienfaitrice, afin de s'en faire une image, ne serait-ce qu'une esquisse. Mais elle portait une casquette ample, un genre de béret. Peut-être avait-elle les cheveux très courts ou, alors, étaient-ils bien remontés sous la coiffure? Mais peu importait, elle avait du savoir-faire! Et elle semblait réellement vouloir le tourmenter. Après quelques minutes, sa queue ruisselait et la main de la fille prit la relève. De ses doigts légers, elle lui massa délicatement les testicules, les séparant tendrement avant de les serrer l'une contre l'autre dans une étreinte brûlante.

— Je suis désolée, Julien, mais je ne pouvais plus attendre, murmura-t-elle.

— Ce n'est... ce n'est rien, je t'assure. Mais pourquoi te cacher ainsi?

— Un jour, je t'expliquerai.

Elle conclut en le prenant de nouveau entre ses lèvres, jusque dans sa gorge. Il se sentait enfoui en elle profondément, trop profondément même. Il était abasourdi devant tant de véhémence, mais ne s'en plaignait pas le moins du monde. Surtout que c'était le genre de choses que Janelle avait toujours refusé de faire pour lui... Il songea à l'incongruité de la situation: il était enfermé dans une armoire à balais avec une parfaite inconnue qui lui taillait une pipe comme jamais ça ne lui était arrivé. Et ça lui arrivait à lui! Maintenant!

Comme pour le convaincre de ce fait, la fille se fit encore plus insistante. Elle le suçait de plus en plus vite, de plus en plus fort. Sa main avait repris son mouvement sur sa bourse, qu'il sentait prête à éclater. Dans une suite effrénée de glissements et de succions, elle parvint sans peine à amener l'homme qu'elle pourchassait à exploser dans un jet puissant, inondant sa bouche bienveillante.

Julien tenta de reprendre son souffle et sentit l'inconnue s'éloigner. Il voulait lui poser tant de questions! Mais il aurait tout le temps, plus tard... Avant même que sa respiration redevienne normale, il vit la lumière s'infiltrer par la porte qui s'ouvrait, sentit quelqu'un le frôler et s'aperçut, trop tard, qu'elle était déjà partie.

L'épisode ne devait avoir duré que quelques minutes, dix tout au plus, mais Julien aurait juré que des heures venaient de s'écouler. Des heures de plaisir intense... Il resta dans le cagibi obscur afin de reprendre ses esprits, se demandant s'il avait rêvé. Mais son pantalon tortillé et sa queue frémissante témoignaient du contraire. Il ne savait trop comment réagir. Il n'allait tout de même pas se révolter que quelqu'un se soit servi de lui! Non, le plaisir avait été trop grand. Mais il ignorait tout de la physionomie de sa bienfaitrice. «Au moins, son corps semblait pas mal du tout!», conclut-il, sourire aux lèvres. En définitive, ce qui importait, c'est qu'il avait joui avec une intensité surprenante.

Julien arrangea rapidement son pantalon, passa une main encore incertaine dans ses cheveux en bataille et se dirigea vers la loge.

En le voyant arriver, les musiciens ne purent s'empêcher de le narguer:

— Où étais-tu? Tes «fans» ne te laissaient pas tranquille?

— Vous ne croiriez pas si bien dire! répondit le guitariste, un sourire énigmatique aux lèvres.

Puis, ils quittèrent la petite pièce. Julien, lui, prit le temps de s'asseoir et de s'ouvrir une bière, se demandant quand l'inconnue referait son apparition. Il était convaincu qu'elle se manifesterait d'une minute à l'autre. Il avait terminé sa consommation et elle n'était toujours pas là... Il se releva péniblement, curieux de savoir ce qui l'avait tant vidé: le spectacle ou la suite?

Il rejoignit bientôt les autres sur la scène, ramassant rapidement son équipement afin de laisser la place au groupe suivant. Il se prit une autre bière avant d'aller vider la loge de ses effets personnels. Il rencontra Alain qui lui demanda, surpris, s'il partait tout de suite. Julien rétorqua qu'il ne faisait que ranger ses appareils dans sa voiture et qu'il les rejoindrait très vite. Mais Alain, qui avait remarqué son étrange sourire plus tôt, ne put s'empêcher de lui demander:

— C'est notre performance ou autre chose qui te fait sourire comme ça?

— Tu ne croiras jamais ce qui vient de m'arriver. Figure-toi qu'en quittant la scène...

— Ouste, les gars! Laissez la place aux suivants!

L'un des organisateurs de la soirée venait d'apparaître, coupant net les confidences. Ils se retrouvèrent au bar quelques instants plus tard et passèrent le reste de la soirée à boire, à se féliciter, à boire un peu plus, à écouter les autres orchestres et à boire toujours davantage. Julien fouillait la salle du regard, espérant, à tout instant, apercevoir une jolie fille portant une casquette. Mais l'inconnue resta dans l'ombre. À la fin de la soirée, la bière avait éteint ce qui restait du brasier dans l'entrejambe de Julien et il ne chercha plus. Passablement éméché, il finit par raconter à Alain son heureuse mésaventure, même s'il n'était plus du tout certain de ne pas avoir, finalement, rêvé. Il exposa à son compère le plus de détails possible, le laissant s'exclamer de jalousie. En quittant le bar, ce soir-là, il se demandait s'il n'aurait pas dû demeurer silencieux.

* * *

À partir de cette soirée, les événements se précipitèrent. Le groupe de Julien se vit offrir un intéressant contrat d'enregistrement. Ainsi, leurs spectacles se raréfièrent, les musiciens préférant se préparer à endisquer. Au fil des jours, Julien pensait de moins en moins à l'inconnue qui lui avait accordé de si agréables faveurs. En fait, il n'y croyait presque plus... sauf la nuit, où il l'espérait entre ses draps. Elle ne lui avait pas donné signe de vie depuis maintenant trois semaines. Aurait-elle été déçue? Lui avait-il déplu? Pourtant, c'est elle qui avait tout fait! Justement, peut-être s'attendait-elle à une réplique de sa part? Mais elle était partie! Alors, tant pis pour elle!

Julien ne se doutait pas qu'au même moment elle discutait au téléphone avec Alain. Elle voulait obtenir son aide pour la prochaine surprise qu'elle destinait à Julien.

— Salut Alain. C'est Janelle...

— Janelle? Eh ben... salut. Ça va?

— Oui, oui. Écoute, comme tu t'en doutes, je ne t'appelle pas pour t'entretenir sur ma santé. Est-ce que Julien t'a parlé de quelque chose de spécial qui lui serait arrivé au *Spectrum*?

Alain demeura silencieux quelques instants, se remémorant l'histoire abracadabrante de Julien le soir de leur dernier spectacle. Il ne l'avait cru qu'à moitié.

— C'était donc vrai? C'était toi?

— J'ignore ce qu'il t'a raconté, au juste, mais, oui, c'était moi. Ça peut te sembler étrange comme méthode, mais j'ai mes raisons. Et puis, il me manque tellement...

— Écoute Janelle, je ne tiens pas vraiment à être impliqué dans vos histoires.

— Je sais. La raison de mon appel, c'est que je vais à Québec pour votre prochain spectacle. Et j'aimerais bien lui faire une autre surprise, plus élaborée cette fois-ci, si tu vois ce que je veux dire... Après, il saura que c'est moi.

— Janelle, il commence seulement à se remettre. C'est pas très gentil de ta part...

— Ça ne regarde que lui et moi, Alain. Donc, ce que j'aimerais que tu fasses est très simple. Peux-tu me laisser entrer dans la loge, le spectacle terminé, et faire en sorte que tout le monde s'esquive? Je sais que Julien attend toujours quelques minutes avant d'y retourner, question de «décompresser»...

Alain réfléchit quelques instants.

— Ça pourrait marcher... Organise-toi pour être là aussitôt que nous aurons terminé. S'il revient tout de suite, ce ne sera pas de ma faute.

— Je te demande seulement d'essayer...

* * *

Au moment où il ne s'y attendait plus, Julien reçut une autre lettre. Il ne put s'empêcher de faire un sourire idiot, se rappelant, dans les moindres détails, le traitement qu'elle lui avait infligé.

«Cher Julien,
Tu étais difficile à joindre, dernièrement. J'étais

presque désespérée de ne jamais te revoir! Ce qui
aurait été vraiment dommage, tu en conviendras.
J'espère avoir répondu à tes attentes, l'autre jour... j'ai
bien essayé de faire bonne impression!
Je ne te dirai pas pourquoi je ne suis pas restée, la
dernière fois, ce n'est pas important. Mais je serai à
Québec pour votre prochain spectacle. Peut-être y
aurons-nous une rencontre aussi plaisante que la
dernière, ou plus, encore?
En attendant, je t'embrasse.
X»

À Québec. Elle sera à Québec... Julien adorait cette ville;
en plus de sa beauté, c'était un endroit chaleureux, vivant, où
tout pouvait arriver. Et peut-être que, justement, «tout» arriverait! Il en trépignait presque d'impatience. Il se força à se
calmer en pensant à ce qui pouvait advenir de désagréable:

- Elle était peut-être, pour confirmer ses premières
craintes, laide comme un crapaud. Dans ce cas, il regretterait
d'avoir laissé sa queue téméraire s'aventurer dans cette
bouche-là, mais classerait l'épisode sous «erreurs de parcours»;

- Peut-être était-elle complètement déséquilibrée et
qu'elle le menacerait avec un couteau si elle ne lui plaisait
pas;

- Il pouvait s'agir, aussi, d'un mauvais tour, comme
seules les femmes en ont le secret. Il aurait été choisi au hasard comme une victime impuissante.

Voilà. «C'est tout? Eh bien! les risques ne sont pas si
élevés, en bout de ligne», conclut-il. «Et si elle me fait subir
le même sort que la dernière fois, peu importent les hypothèses énoncées plus tôt, le plaisir compenserait amplement
pour un peu d'humiliation!»

* * *

Parvenus à l'hôtel de Québec — en fait, «hôtel» était ici un superlatif pour «chambre-miteuse-aux-matelas-défoncés-comme-toujours» — les musiciens procédèrent à l'habituel tirage au sort pour déterminer lequel aurait la chance suprême d'être seul dans sa chambre. Julien fut l'heureux élu et cela lui parut de bon augure. Chacun prit une douche rapide avant de se diriger vers la salle de spectacles.

Autour de 22 h, la salle était bondée. Les chaînes de radio locales avaient fait toute une histoire de leur venue à Québec, les traitant comme des vedettes. Mais le spectacle, quoique se déroulant très bien, n'avait pas la magie du précédent. Comme si les musiciens essayaient d'en faire trop ou qu'ils avaient la tête ailleurs. La foule ne sembla pas s'en rendre compte, car ils eurent droit à deux ovations.

Julien était impatient. Il aimait jouer, il adorait la tension et l'appréciation des spectateurs. Mais il n'arrêtait pas de penser au déroulement du reste de la soirée. Tiendrait-elle sa promesse? Il n'avait aucune raison d'en douter et il devait la croire sur parole. Il fit de son mieux pour maintenir l'illusion de se donner tout entier à sa musique. Le spectacle terminé, il ne suivit pas les autres tout de suite, préférant demeurer en coulisses. Il se disait aussi qu'à attendre ainsi il lui rendrait peut-être la tâche plus facile, si elle avait l'intention de le surprendre et de l'entraîner dans quelque coin sombre. Mais au bout de dix minutes, elle n'était toujours pas apparue. Il se décida donc à regagner la loge. Il croisa des membres du groupe qui partaient au bar où les attendaient de bonnes blondes bien froides et, s'ils étaient chanceux, de belles blondes bien chaudes...

— Tu viens, Julien?

— Je vous rejoins dans une minute.

— Allez, viens tout de suite, c'est maintenant que nos

«fans» veulent nous rencontrer!

Julien se résigna à les suivre, optant pour une bière bien froide avant d'aller se changer.

* * *

La loge était fermée à clé. Comme on avait pris soin de remettre une clé à chacun des musiciens, en précisant qu'eux seuls auraient accès à la pièce, il ouvrit la porte, chercha l'interrupteur... qui était recouvert d'adhésif! La porte se referma. Elle était là, une main sur son épaule.

— Tu savais que je viendrais, chuchota-t-elle.

— Oui, enfin, je l'espérais...

— Ah bon! Comme ça je t'ai plu, la dernière fois?

— Je ne suis qu'un homme!

Il devina qu'elle passait devant lui. Elle lui prit la main et la déposa sur son épaule nue. Le jeune homme frissonna. Se pouvait-il qu'elle soit dévêtue? Elle guida l'une des mains du musicien vers ses seins découverts, déposant l'autre au creux de la hanche. Les mains masculines touchaient une peau satinée, douce comme du velours, dont les proportions semblaient (du moins, à ses paumes aveugles) parfaites. Dans son dos, il sentit de longs cheveux soyeux... il aimait bien les cheveux longs.

Elle s'approcha lentement et l'embrassa longuement. Elle goûtait la menthe. Retirant la chemise du pantalon de l'homme, elle la déboutonna patiemment avant de frotter sa poitrine généreuse contre celle, velue, de l'homme.

Elle murmura de nouveau, la bouche tout contre son oreille:

— Tu sauras très vite qui je suis mais, avant, laisse-moi te goûter. J'ai attendu tellement longtemps! Je te promets que tu ne seras pas déçu. J'essaie juste d'être différente pour que te souviennes toujours de moi, si je ne devais jamais te revoir.

— Pourquoi? Pourquoi ne se reverrait-on plus? chuchota-t-il.

— Toi seul le sais...

Sur ces paroles, elle s'empara d'un des doigts de l'homme, qu'elle porta à sa bouche. Elle le lécha tendrement, le suçant langoureusement et vint le poser entre ses cuisses.

— Tu vois quel effet tu me fais?

— Tu me fais le même... mais les gars vont bientôt revenir et...

— Mais non, j'ai tout arrangé...

Leurs paroles étaient presque inaudibles, habitées d'un désir urgent. Il sourit dans la pénombre. Il était prêt à tout et n'avait jamais été aussi dur de toute sa vie. Il se dit, une fois de plus, qu'il devait profiter de cette agréable distraction qui ne serait, probablement, qu'éphémère. S'il n'en tenait qu'à lui... Il se fit mentalement une image de la demoiselle et eut soudain un doute: peut-être n'était-ce qu'une grave erreur? Mais son corps lui fit sentir qu'il était trop tard pour réfléchir, qu'il était temps de passer à l'action. Il explora davantage les cuisses offertes devant lui et ce qu'elles recelaient de mystère. Elle était moite, juteuse même. Complètement rasée, elle exposait chaque millimètre de son sexe à son doigt inquisiteur. Il la caressa quelques instants et elle l'attira au sol, le faisant étendre de tout son long sur le tapis.

Une jambe qu'il devinait fuselée s'inséra entre les siennes, exhibant sa verge dans toute sa vulnérabilité. Puis une cascade de cheveux le chatouilla du visage aux genoux, s'attardant sur le ventre. Une langue de velours glissa sur lui, l'humectant de salive sucrée.

Elle l'aspira complètement entre ses lèvres et jusqu'à sa gorge déployée. Elle était vraiment experte, exerçant juste assez de pression de la main, suffisamment de succion de la bouche. C'était délicieux et l'homme sentit son organe s'allonger de deux bons centimètres supplémentaires. Elle se releva et le cajola de sa main glissante, le laissant deviner qu'elle se caressait de sa main libre. Elle n'émettait aucun autre son que celui de sa respiration de plus en plus rapide. Il sentait les vibrations de la main de la femme sur son corps, percevant l'augmentation des plaisirs qu'elle se procurait. Il sentit venir l'apothéose et sa silhouette se redresser, devenir complètement immobile quelques secondes, puis se délier. Elle avait joui en silence, ne lui accordant pas le loisir de participer ni de partager son plaisir. Mais elle reprit vite ses esprits et se remit à le caresser tendrement. Puis, prenant place au-dessus de lui, elle engagea son sexe bien gonflé en elle, s'empalant de tout son être. Demeurant un instant immobile, elle se pencha et l'embrassa doucement avant de donner à ses hanches un mouvement régulier et langoureux.

Il était victime et n'avait aucun contrôle sur la situation. Non pas qu'il ait eu l'intention d'y changer quoi que ce soit! Il était choyé. Quelqu'un d'autre que lui avait pris le volant. Elle flottait au-dessus de lui, légère, souple. Elle se souleva sur les talons, n'imposant sur le corps de l'homme qu'un poids minime, montant et descendant. Un peu plus haut, un peu plus bas, tout doucement.

Il se sentit tiré vers l'arrière, alors qu'elle était renversée. Glissant toujours, mais avec plus d'insistance, elle le violait, le contrôlait. Son sexe s'écrasait contre le pelvis de l'homme, lui arrachant chaque fois de petits gémissements. Le jeune homme voulut la renverser, lui montrer de quoi il était capable, mais elle le devina. Le saisissant par les bras, elle l'emmena près de la porte, et les lui attacha derrière le dos avec un foulard qu'elle avait ramassé quelque part. Comment avait-elle pu trouver quoi que ce soit dans cette noirceur? Il n'en avait aucune idée et s'en foutait complètement.

Attaché à la poignée de la porte, la queue pointant vers l'avant, la victime n'eut d'autre choix que de laisser son assaillante abuser de lui. À quatre pattes devant lui et les cuisses serrées, Janelle le força en elle, puis lui imposa de nouveau son rythme de plus en plus rapide. Elle était tel un étau de velours humide et chaud, enserrant et broyant sa verge sans merci. Les fesses de sa tortionnaire claquaient contre son ventre, ses longs cheveux retombant sur son visage en sueur. Il fit de son mieux pour imposer ses propres poussées, s'accordant aux mouvements de la femme en insistant un peu. Il se sentait prêt à se laisser aller, mais voulut retenir plus longtemps la douce torture. Elle en décida autrement. Prenant appui sur ses coudes et écartant les jambes, elle se rua frénétiquement sur lui, le prenant d'assaut et le serrant en une tendre étreinte, jusqu'à ce que l'homme, incapable de résister davantage, se répande en elle en de multiples sursauts de jouissance.

Elle s'empressa de défaire ses liens et l'entraîna de nouveau sur le sol, où elle se blottit entre ses bras. Il ne savait que dire, même si sa gorge sèche lui interdisait momentanément toute parole. Il était complètement subjugué, assommé, désarticulé.

Son cœur recommençait à peine à battre normalement, quand ils entendirent une clé glisser dans la serrure. L'homme s'écria:

— Une minute! Juste une minute, les gars!

Le couple se leva d'un bond. Une recherche ridicule s'ensuivit pour retrouver les vêtements qui gisaient par terre.

— Allez, laisse-moi entrer, je voudrais bien me changer!

Cette voix... Janelle eut un haut-le-cœur. Était-il possible que...

— Allez, Alain, ça suffit! J'entre...

Janelle crut avoir reçu un coup de massue. Alain? Impossible. Était-ce bien la voix de Julien qu'elle entendait de l'autre côté de la porte? C'est ainsi que Julien fit son entrée, laissant filtrer juste assez de lumière pour que Janelle puisse enfin le reconnaître.

LE SECRET DE BRIGITTE

Brigitte regarda son compagnon de voyage d'un œil mi-sceptique, mi-étonné.

— Tu es vraiment sérieux, n'est-ce pas?

— Tout à fait.

— Tu me laisses y penser?

— Pas trop longtemps...

Elle réfléchit, tentant de s'apprivoiser à l'idée de sa proposition si candide. «Hum... ça serait toujours possible», conclut-elle avant d'acquiescer d'un petit signe de la tête.

Elle revit la semaine qu'ils venaient de passer ensemble. Brigitte s'était rendue au Mexique pour son travail. Étant libre toute la journée et n'ayant à se rendre à son travail qu'autour de 22 h, elle passait ses journées sous le soleil resplendissant, laissant sa peau boire les chauds rayons.

L'homme s'était manifesté dès le premier jour de son voyage. Au début, elle avait cru qu'il souffrait réellement. Elle n'avait vu qu'un coureur solitaire victime d'une crampe ou d'un quelconque malaise: le corps plié en deux, il avait les mains appuyées sur les genoux et les yeux fermés, tentant visiblement de calmer la douleur. Elle s'était approchée rapidement pour lui venir en aide:

— Hé! ça va? demanda-t-elle en français, n'osant pas se ridiculiser avec un espagnol incompréhensible.

Il l'avait alors regardée droit dans les yeux, arborant un sourire éclatant, avant de déclarer:

— Et vous parlez français, en plus!

Perplexe, elle prit quelques secondes pour se rendre compte de la supercherie. Feignant l'agacement, elle s'exclama:

— Ce n'est pas bien drôle! Et moi qui croyais que vous étiez mal en point!

— Pas le moins du monde, mais vous devez bien convenir que c'est une approche originale!

Son sourire innocent était irrésistible. Semblable à celui d'un petit garçon pris en faute, mais qui sait que son méfait n'est pas bien grave et qu'on le lui pardonnera sans punition. Et, effectivement, Brigitte ne lui en tenait pas rancune. C'est qu'il était bel homme... Grand et musclé, sans toutefois paraître gonflé, il exhibait un bronzage superbe qu'accentuait l'abondante sueur faisant luire sa peau. Ses cheveux étaient d'un noir profond et, en parfait vacancier ou en séducteur averti, il ne s'était pas rasé depuis au moins deux jours, laissant traîner un ombrage profond sur son visage aux traits magnifiquement sculptés. Des yeux de la même couleur que l'océan transperçaient ce visage éclatant. L'homme exsudait une sexualité palpable.

— Vous ne vous sauverez pas, si je vais me baigner un instant?

Elle répondit d'un hochement de tête et l'homme, retirant sa camisole, se précipita dans les vagues chaudes de l'océan. Après quelques brasses énergiques et quelques plongeons dans l'écume, il ressortit enfin. Brigitte était retournée à sa chaise.

— Vous êtes arrivée hier...

— Ça ne semble pas être une question.

— Non, je vous ai vue arriver. Nous sommes descendus au même hôtel. Vous restez longtemps?

— Seulement une semaine. Mais je ne suis pas vraiment en vacances, je suis ici pour mon travail.

— Bon travail!

— Le meilleur!

— Et qu'est-ce que vous faites?

Elle s'était attendue à cette question qui finissait toujours par faire partie du cours normal de la conversation. Mais elle n'avait nullement l'intention de révéler à cet Adonis la nature de son gagne-pain! Il se confondrait sans doute en excuses avant de s'éloigner rapidement. Ils le faisaient tous, du moins ceux qui semblaient les plus intéressants. Aussi, répondit-elle:

— Je suis mannequin pour un couturier de Montréal. Je fais des défilés pour certains clients. Ce n'est pas aussi excitant ou prestigieux que de faire de la photo, mais c'est agréable, même si je travaille surtout en soirée. Et ça me permet de voyager.

Ce n'était pas si loin de la vérité. Elle faisait effectivement des défilés, mais ce n'était pas du tout pour un couturier. Bien au contraire! Brigitte était effeuilleuse. «Danseuse»... Et elle adorait son métier. Malheureusement, et c'était là son seul regret, certaines de ses collègues donnaient à sa «profession» une image plutôt vulgaire. Mais il est vrai que la plupart d'entre elles ne le faisaient pas dans les mêmes conditions ni pour les mêmes raisons qu'elle. Brigitte dansait par goût. Pour des raisons pratiques aussi, bien sûr: c'était extrêmement bien rémunéré, les horaires de travail étaient souples et elle pouvait beaucoup voyager. Mais, avant tout, elle avait l'occasion de satisfaire un besoin primordial: dévoiler ses charmes à un public admirateur.

Elle était étudiante, la première fois qu'elle avait dansé.

Elle s'était laissé entraîner dans un pari stupide. Plusieurs étudiants s'étaient rendus à un bar de danseuses et l'avaient mise au défi, elle et trois de ses compagnes, de monter sur scène et de retirer leurs vêtements. La somme du pari augmentait avec le désir des garçons de voir leurs collègues se déshabiller devant eux. Quelques minutes plus tard, l'enjeu était devenu fort intéressant pour une étudiante sans revenu. Mais Brigitte se rendit vite compte que, même sans l'appât de l'argent, elle aurait sans doute tout fait pour monter sur la petite scène devant ses amis. Quelque chose d'indéfinissable l'appelait... Elle n'y avait pourtant jamais pensé avant. Comme si elle était attirée par un aimant. Ses compagnes s'étant finalement désistées, il ne restait plus qu'elle pour relever le défi. Finissant son verre d'un trait et d'un air décidé, elle monta sur la scène, sous les regards amusés de ses compagnons. Ceux-ci étaient persuadés qu'elle ne ferait qu'un petit tour rapide, retirerait ses vêtements brièvement avant de disparaître, la blague terminée. Quelle ne fut pas leur surprise quand elle s'installa, immobile, au milieu de la scène, les jambes bien plantées sur le sol. À la première mesure, elle retira ses chaussures; à la seconde, sa chemise. Puis, elle passa le reste de la pièce à enlever un à un ses vêtements, jusqu'à ce qu'elle soit complètement nue.

C'est alors qu'elle comprit qu'elle était dans son élément. Elle devina aussitôt les regards s'attardant sur son corps et en éprouva un plaisir puissant. Comme s'il s'était agi de mains innombrables la caressant. Elle pouvait sentir chaque parcelle de peau exposée vibrer sous la force de leurs regards. Elle aurait presque juré avoir été touchée.

Ce premier soir, en l'espace de quelques minutes, elle était devenue aussi excitée que si ses quatre compagnons lui avaient fait l'amour l'un après l'autre.

Malheureusement, les filles, elles, ne lui adressèrent plus la parole. Les garçons, de leur côté, tentèrent tous de sortir avec elle, dans l'espoir de récolter un spectacle gratuit et exclusif. Mais elle s'était bien juré que jamais elle ne permettrait à l'un de ses spectateurs de la toucher après l'avoir vue danser. Cela détruirait l'illusion de rêve, dans laquelle elle était plongée durant sa performance. Elle adorait cette sensation de désir tangible de la part des hommes et, parfois, par des femmes. Tous ces regards braqués sur elle la faisaient frémir de plaisir et elle s'y donnait corps et âme. Elle se savait belle; elle savait qu'on la désirait, que rares étaient les hommes qui ne donneraient pas tout leur avoir pour lui faire l'amour. Mais c'était là l'ultime plaisir! Jamais elle n'avait passé la nuit avec un client. Il fallait, pour pouvoir continuer à jouir de son travail, qu'elle demeure totalement inaccessible à ses spectateurs. Qu'elle ne soit qu'un fantasme, un mirage. Elle pouvait ainsi se mettre dans la peau de n'importe qui, reine ou vedette de cinéma. «Regardez, mais vous ne pourrez jamais toucher!»

Bref, elle était très heureuse de son métier. Celui-ci lui avait pourtant attiré des ennuis. Certaines personnes, découvrant ce qu'elle faisait, se détachaient d'elle aussitôt, ne percevant pas ce travail comme étant quelque chose de valorisant ou de convenable. Et, assurément, les femmes et les petites amies des hommes qui assistaient à ses danses la détestaient aveuglément. Mais, n'ayant jamais été confrontée à l'une d'elles, cela ne la perturbait pas beaucoup. Toutefois, afin de préserver cet anonymat, elle travaillait toujours à une certaine distance de chez elle, refusant obstinément les contrats la rapprochant de son domicile. Ayant finalement réussi à séparer son travail de sa vie sociale, elle tenait à préserver cet état de choses.

Donc, la réplique de «mannequin pour un couturier de Montréal» passait, en général, assez bien. Cette fois-ci encore, l'homme n'insista pas davantage.

— Et vous, vous êtes en vacances?

— Oui... Il me reste une semaine avant de retourner à Montréal. C'est là que vous habitez?

— Oui... enfin, en banlieue.

— Il me semble vous avoir déjà vue quelque part...

— Vous savez, Montréal est une bien grande ville...

Ils restèrent silencieux quelques instants. Puis, comme s'il se souvenait de quelque chose d'important, l'homme se leva, et d'une mine presque solennelle, dit:

— Je m'excuse de ne pas l'avoir fait avant. Je m'appelle Vincent. Je suis un célibataire de trente-quatre ans et je meurs d'envie de t'inviter à dîner. À quelle heure dois-tu partir travailler?

— Pas avant 21 h. Si tu acceptes de dîner tôt, il me ferait plaisir de t'accompagner. Et moi, c'est Brigitte.

— Pas de problème. On se retrouve dans le hall de l'hôtel vers 17 h?

Le tutoiement était venu tout naturellement, sans que ni l'un ni l'autre s'en rende compte. À l'évidence, ils se plaisaient. Brigitte accepta donc son invitation avec joie. Heureux, Vincent lui adressa encore une fois son merveilleux sourire.

— Bon, je vais continuer ma course... sans m'arrêter, cette fois-ci. À plus tard!

Elle le regarda partir, un étrange sentiment au creux de l'estomac. Il lui plaisait vraiment beaucoup.

* * *

Brigitte partit rejoindre Vincent à l'heure prévue. Elle avait revêtu sa plus belle robe, blanche pour faire ressortir son teint déjà doré, et avait pris un soin méticuleux à se coiffer et se maquiller. Elle était mannequin, après tout! Vincent parut apprécier ses efforts. Il se leva du fauteuil en l'apercevant, un sifflement admiratif s'échappant d'entre ses lèvres. Lui aussi, d'ailleurs, avait dû se donner un peu de peine. Ou était-ce un charme naturel? Il était rasé de près et dégageait une odeur enivrante, quoique discrète. Il ne lui demanda pas où elle désirait aller, se contentant de la guider jusqu'à sa voiture de location, une décapotable sportive garée à la porte.

— C'est pour mieux draguer... lança-t-il en lui faisant un petit clin d'œil complice.

— Oui, j'imagine que je ne suis pas la première femme à monter dans cette voiture, depuis les dernières semaines!

— Non, mais certainement la plus belle!

Il lui ouvrit la portière, la refermant une fois qu'elle fut bien assise. Prenant place derrière le volant, il lui demanda si elle appréciait les fruits de mer. Devant l'approbation évidente de Brigitte, il démarra.

Le trajet se fit dans la bonne humeur, agrémenté d'un bavardage léger et facile. Ils arrivèrent à un petit restaurant qui ne payait pas de mine. Mais Brigitte reconnut, à son enseigne, l'un des restaurants dont on parlait dans les brochures touristiques et qui avait acquis une excellente réputation.

Ils prirent place à une petite table, sur la terrasse presque déserte. Comme Vincent paraissait connaître l'endroit, Brigitte lui laissa le soin de commander ce que bon lui semblait. Il s'exprimait dans un espagnol presque impeccable et ce qu'il choisit paraissait suffisant pour nourrir une armée.

La conversation était animée et joyeuse. Brigitte ne pouvait s'empêcher d'admirer le jeune homme devant elle. Il était magnifique. Mais — ce qui ne gâchait rien — en plus, il était drôle, intelligent et pouvait discuter d'à peu près n'importe quel sujet. Elle avait appris qu'il possédait sa propre agence de relations publiques, qu'il venait en vacances au même endroit depuis quatre ans et qu'il n'avait jamais été marié ou significativement impliqué dans une relation. Il attendait *la* femme idéale...

La soirée se passait extrêmement bien, mais aussi beaucoup trop rapidement. Pour la première fois depuis très longtemps, Brigitte n'avait pas envie d'aller travailler. Du moins, elle aurait retardé l'échéance. Elle voulait passer le reste de la soirée — et, qui sait, peut-être aussi la nuit — en compagnie de cet homme qu'elle avait l'impression de connaître depuis de nombreuses années, en dépit de leur récente rencontre. Mais, en s'imaginant les regards fiévreux glisser sur son corps dénudé dans quelques heures, elle eut un petit frisson d'anticipation et de plaisir. Portant un regard discret sur sa montre, elle s'aperçut qu'elle devrait bientôt le quitter. Et pas question qu'il la dépose quelque part! Un aveu aurait pu tout gâcher.

Vincent, de son côté, savait bien qu'elle devait partir. Mais comme il aurait désiré que cette soirée soit éternelle! Peut-être pourrait-il la voir plus tard?

— À quelle heure termines-tu ta soirée? demanda-t-il doucement.

— Oh! vers les 2 h. Mon patron a loué une salle de réception et la soirée finira sans doute très tard.

— C'est dommage... je serais allé te chercher pour un dernier verre.

— Je ne serai sûrement pas de retour à l'hôtel avant 3 h... Je suis désolée, j'aurais bien aimé ne pas devoir partir. La soirée a été magnifique...

— Je suis tout à fait d'accord. C'est la plus belle que j'aie passée depuis trop longtemps! Eh bien! il faudra donc recommencer demain soir, alors?

— Ou même avant, si tu en as envie. Je me lève assez tôt...

— Parfait! Je déjeunerai sur la terrasse de l'hôtel vers 10 h. Tu y seras?

— Absolument!

Ils quittèrent la table à contrecœur et se dirigèrent vers la sortie. Lui prenant délicatement le bras, il la guida vers la voiture.

— Écoute, je vais prendre un taxi.

— Pas question!

— Non, je t'assure. Je dois me rendre à l'autre bout de la ville, c'est un voyage inutile! J'insiste.

— Bon... pour cette fois-ci, ça ira.

Sur ce, il l'attira dans ses bras et, sans qu'elle pût l'en empêcher — elle n'en avait d'ailleurs pas la moindre envie — il l'embrassa avec une telle fougue qu'elle se sentit ramollir d'un seul coup. Il y avait, dans ce baiser, tant de promesses! Son corps ferme la rendait folle et son odeur l'étourdissait. Elle se dégagea doucement et lui chuchota:

— Je penserai à toi toute la soirée...

— Et moi, toute la nuit... Écoute, je ne me suis pas senti comme ça depuis longtemps. Je suis déjà fou de toi!

Il déposa de nouveau ses lèvres tendres sur les siennes. Après une étreinte qui leur sembla durer une éternité et qui provoqua chez chacun d'eux un désir incandescent, ils réussirent tant bien que mal à se séparer. Vincent s'engouffra dans le restaurant et appela un taxi. Il retourna près d'elle, lui prit la main et ils attendirent en silence. Quand le vieux taxi s'arrêta près d'eux, il la fit monter, lui donna un dernier baiser brûlant et la regarda s'éloigner, déçu. Tout au long du trajet, Brigitte ne put s'empêcher de se demander si cet homme accepterait sa vie telle qu'elle était. Lui qui semblait si sensible aux belles choses et aux bonnes manières, à la douceur et à la délicatesse d'une femme, serait sans doute horrifié de connaître sa destination pour le reste de la soirée...

* * *

Elle arriva à son lieu de travail avec seulement quelques minutes d'avance. Elle courut se préparer pour son premier numéro. Elle n'arrivait pas à se débarrasser de l'image de Vincent, de la douceur de ses lèvres, de l'ardeur de ses baisers. Comme sur un nuage, elle monta sur la petite scène et entreprit sa première danse. Le bar était bondé. Beaucoup de Mexicains, mais surtout des hommes d'affaires et des touristes américains. Étant un endroit assez chic, la clientèle avait plutôt bon ton. On lui avait affirmé que les esclandres et les gestes déplacés étaient rares, ici. Aussi Brigitte se sentait-elle en toute confiance. Elle s'avança sur scène, vêtue d'un soutien-gorge orné de paillettes et d'un cache-sexe assorti, perchée sur des talons aiguilles. Son corps gracieux se mit à se mouvoir au rythme de la musique. Graduellement, elle devint la déesse qu'elle incarnait chaque fois, pour le plus grand plaisir de son public.

Ses gestes devinrent de plus en plus langoureux, semblant indiquer aux spectateurs que son corps n'était là que pour être admiré, désiré. L'auditoire se fit complaisant; chaque homme la contemplant avec une certaine lueur dans le regard. Elle ne demandait qu'à être possédée, dévorée. Ses longues jambes s'écartaient, s'étiraient à n'en plus finir, dévoilant la blondeur de sa toison presque rase. Elle retira enfin son soutien-gorge, laissant sa longue chevelure caresser son dos et ses seins, les chatouillant délicieusement.

Elle n'avait que Vincent en tête. Elle le voulait à ses côtés, l'admirant fiévreusement. Pour tous ceux prenant place devant elle, elle ne serait jamais qu'un rêve. Vincent les éclipsait tous. Elle imaginait ses mains parcourant son corps, massant ses seins généreux, écartant ses cuisses entre lesquelles son sexe bouillant l'espérait.

À la fin de son numéro, Brigitte quitta la scène promptement, sortant d'un rêve. Puis, elle se réfugia dans les toilettes. Reprenant à peine haleine, elle ne put s'empêcher de revoir Vincent dans son esprit. Sa danse l'avait tellement excitée, tous ces regards galvanisant son désir, qu'elle n'eut qu'à tendre la main entre les jambes et frotter son sexe humide quelques secondes avant de jouir en un soupir.

* * *

Le lendemain matin, elle se rendit sur la terrasse à l'heure convenue. Vincent l'attendait déjà, un verre de jus d'orange posé devant lui. Il se leva à son arrivée, laissant son visage s'orner de son incomparable sourire. Brigitte n'avait pas si bonne mine. Elle avait eu beaucoup de peine à dormir, rêvassant au corps de Vincent dans son lit, tout près d'elle... puis sur elle, en elle. Elle avait presque battu un record de masturbation avant de s'arrêter, plus frustrée que jamais. Mais en le voyant là, resplendissant dans le soleil de l'avant-midi, elle retrouva instantanément sa bonne humeur. Craignant que la façon dont ils s'étaient quittés la veille ne cause une certaine gêne, et désirant surtout réaffirmer ses intentions, Vincent ne lui laissa pas le temps de s'asseoir. Il la prit dans ses bras et l'embrassa avec autant de conviction que la veille. Elle se retint difficilement de proposer de déjeuner dans sa chambre, s'accrochant à ce respect profond qui émanait de lui et qui semblait lui interdire de précipiter les choses.

Ils mangèrent presque en silence, leurs sourires en disant long sur leur état d'âme. Après un repas copieux, ils se dirigèrent, d'un commun accord, vers la plage invitante. Vincent savait tout faire: il l'initierait aux joies de la plongée sous-marine, de la voile et du parachute. Il avait cette aptitude naturelle envers tout ce qui était physique. Brigitte se doutait bien de cet état des choses et était impatiente d'en vérifier l'étendue. En effet, Vincent ne semblait pas pressé. Elle aurait proposé depuis longtemps une petite sieste, mais s'était retenue. S'il souhaitait la faire languir, elle pourrait en faire autant.

Ils se baignèrent, s'éclaboussèrent et s'amusèrent comme

des enfants. Vers 15 h, exténués, ils convinrent d'une petite sieste... mais pas du genre de celle que Brigitte avait espérée! Ils se retrouveraient de nouveau vers 17 h pour l'apéro et un dîner quelque part. Définitivement, il était plus difficile à corrompre que les autres hommes auxquels Brigitte était habituée. Comme c'était rafraîchissant!

* * *

L'alcool lui montait à la tête. Brigitte devenait obsédée. Quand Vincent lui parlait, elle examinait sa mâchoire et ses dents et, quand il bougeait, elle admirait le jeu de ses muscles sous sa peau bronzée. Il semblait faire la même chose. Ils étaient seuls au monde. Ils dînèrent de hamburgers et de frites, copieusement arrosés de plusieurs margaritas. Quand Brigitte dut partir, elle était presque soûle et Vincent aussi. C'est d'ailleurs pour cette raison qu'elle n'eut pas trop de peine à le convaincre de la laisser prendre un taxi à nouveau. La randonnée dans le véhicule bringuebalant ne parvint pas tout à fait à la ramener à la sobriété. Mais comme l'effet n'était, somme toute, pas déplaisant, elle commanda un autre verre en arrivant au bar et partit se préparer.

Elle monta sur scène un peu ivre. Mais son état n'était pas entièrement dû à l'alcool. Elle se sentait si bien que son corps dansait de lui-même, sans qu'elle ait à lui dicter quoi que ce soit. Tout ce qu'elle voulait, c'était Vincent. Il faudrait bien qu'elle lui parle de son travail, bien qu'elle soit de plus en plus certaine que jamais il n'accepterait une telle occupation de la part de la femme de sa vie. Quelque chose dans son regard — un air de quelqu'un habitué à contrôler les situations et à ne pas s'en laisser imposer, peut-être — lui indiquait qu'il était possible que, cette fois-ci, elle doive choisir. Mais elle chassa bien vite cette idée de la tête, se contentant de savourer le moment présent. Ce soir-là, plusieurs hommes la firent danser à leur table, payant grassement cette faveur. Elle dansa même pour un couple d'amoureux qui semblèrent se délecter du spectacle. Elle appréciait ces danses privées qui lui permettaient de s'approcher dangereusement près de la limite qu'elle s'était fixée. Elle pouvait regarder ces gens dans les yeux, deviner leurs secrets et leurs fantasmes... mais c'était à sens unique. Elle conservait un visage de marbre, sourire aux lèvres. L'image même d'une déesse inaccessible. Quand elle dansait pour un homme seul, ou à la table d'un groupe, elle pensait à Vincent. Combien elle aimerait lui montrer cette facette d'elle-même! Mais c'était impossible... À moins qu'il ne la déçoive irrémédiablement au cours des prochains jours, elle était follement amoureuse de lui. Il ne saurait comprendre qu'elle pût faire ce travail tout en menant une vie simple et saine, sans la moindre trace des différents «vices du métier». C'était tellement difficile à expliquer à quelqu'un de «l'extérieur»! Mais cet homme semblait représenter tant de promesses... Plus elle le connaissait, plus elle lui trouvait de points communs avec le «prince charmant» qu'elle cherchait depuis toujours. Se pourrait-il qu'elle ait enfin trouvé quelqu'un pour qui elle renoncerait à son métier? À ce plaisir qui avait pris tant d'importance? Elle verrait bien où les choses la mèneraient.

* * *

Quand elle rentra ce soir-là, Vincent l'attendait. Le bar de l'hôtel étant fermé pour la nuit, il était assis sur l'un des fauteuils meublant le hall et semblait s'être assoupi. Mais quand il vit la grande porte d'entrée s'ouvrir sur elle, il se leva d'un bond, parcourut la distance qui les séparait en deux enjambées et la prit dans ses bras.

— Je... il fallait absolument que je te voie.

Ne lui laissant pas le temps de répondre, il écrasa la

bouche de Brigitte contre la sienne, presque douloureusement. La tirant par la main, il l'entraîna vers l'ascenseur. Le regard porté devant lui en attendant la cabine, il avait l'air de faire un grand effort de concentration. Quand les portes s'ouvrirent sur un glissement pneumatique, il la saisit de nouveau et la poussa dans la cabine. Elle fut doucement projetée le dos au mur. Vincent se serra aussitôt tout contre elle et, prenant son visage et ses cheveux entre ses mains, il l'embrassa avec ardeur. Pressant son corps exigeant contre le sien, il lui fit sentir sans équivoque à quel point il la désirait. Ses mains caressèrent enfin le corps de Brigitte, découvrant ses courbes avec délice, écrasant son dos et ses seins entre ses bras puissants.

Les portes se rouvrirent au quatrième étage. Sans un mot, il l'emmena rapidement jusqu'à sa chambre et en ouvrit la porte frénétiquement. En un instant, ils étaient tous les deux nus, haletants, muets de désir. Ne gaspillant pas les secondes nécessaires pour se rendre au lit, ils s'étendirent sur l'épaisse moquette et Vincent la pénétra immédiatement, sans prévenir. Immobilisée sous lui, Brigitte avait peine à respirer. Mais son désir était si intense que cela n'avait aucune importance. Elle l'entoura de ses longues jambes, le forçant en elle avec plus de vigueur, l'aspirant au plus profond de son corps. Puis, elle le fit rouler sur lui-même, pour se retrouver au-dessus de lui, lui imposant à la fois son désir, sa bouche insatiable et son sexe conquérant qui le serrait de plus en plus étroitement.

Ils s'embrassèrent comme s'ils avaient attendu des années pour accomplir ce simple geste, joignant leur langue et leur salive, chacun explorant la bouche de l'autre dans un assaut presque désespéré. Il la pénétrait avec force, sans répit, aidé par les hanches de la femme qui se plaquaient contre les siennes pour donner à ses mouvements encore plus d'ampleur et de profondeur. Le souffle court, ils sentirent la jouis-

sance imminente et se séparèrent un instant, avant de re-
plonger l'un dans l'autre à la conquête d'un corps plus que
consentant. Ne pouvant retarder leur plaisir, ils jouirent
presque en même temps, Vincent inondant sa compagne en
silence.

Ils restèrent ainsi jusqu'au moment où, tout près de s'endormir, ils se relevèrent péniblement, se rendirent au lit et s'y
laissèrent tomber avec bonheur avant de s'assoupir.

Quelques heures plus tard, Brigitte fut réveillée par une
délicieuse sensation. Ce qu'elle devina être une langue dessinait des figures abstraites sur son dos, descendait au creux
des reins, chatouillait tendrement les fesses. Vincent lui
massa la tête, emmêlant de ses doigts la soie de ses cheveux.
Doucement, il la fit se retourner sur le dos, afin de pouvoir
lécher le devant de son corps. Des oreilles, il descendit le
long de son cou, puis s'attarda à chacun des seins avant d'at-
teindre enfin son ventre. Il lui embrassa les cuisses, les genoux, les chevilles, les pieds. Des baisers légers, presque furtifs. Brigitte gisait, immobile, profitant pleinement de ces
admirables caresses. Quand Vincent lui écarta les jambes et
insinua sa langue en elle, son corps sursauta faiblement avant
de céder au plaisir.

Il était d'une patience tout à l'opposé de leurs premiers
ébats. Il la mordilla avec douceur, heureux de l'entendre sou-
pirer sous sa bouche. D'un geste tendre, il écarta délicatement les lèvres gonflées de son sexe, pour pouvoir accéder
plus facilement à l'endroit le plus vulnérable de son corps. Il
y darda ensuite une langue pointue, agaçant la chair légèrement meurtrie de Brigitte. Elle nageait en pleine jouissance,
corps et esprit éthérés. Des milliers de petites étincelles semblaient animer son corps, elle se sentait vibrer. Des doigts
coururent remplacer la langue de l'homme, s'insinuant profondément en elle, la faisant haleter de douleur et de plaisir.
Puis, la langue adroite reprit ses caresses tandis que la main,

toujours plus profondément en elle, la meurtrissait toujours. Cette même main qui put sentir le sexe de Brigitte palpiter sur le coup d'un plaisir violent. Il se décida enfin à glisser sur elle, puis en elle, s'enfonçant aisément dans le sexe humide de sa compagne, prolongeant la caresse d'un frottement précis entre ses lèvres ouvertes qui lui arrachèrent de nouveaux gémissements. Brigitte se sentit fondre comme glace au soleil. Son amant l'emplissait. Il s'insinuait lentement et profondément, laissant son membre se couler de lui-même jusqu'au tréfonds de son corps. C'était comme si cet organe, si dur et gonflé, faisait partie intégrante d'elle-même.

Leur souffle s'accéléra peu à peu, chacun s'adaptant aisément à la cadence de l'autre dans une danse lascive. Appuyant son dos contre la tête du lit, Vincent la fit asseoir sur lui, ramenant ses seins jusqu'à ses lèvres ouvertes. Elle flottait sur lui, n'obéissant qu'aux bras de l'homme sous ses hanches, qui dictaient la cadence le long de son membre. Les yeux plongés dans ceux de Brigitte, Vincent permit à sa main de retourner fouiller les cuisses de sa compagne, de saisir ce sexe qui ne demandait qu'à jouir de nouveau. À son simple toucher, Brigitte explosa et, quand Vincent retint son souffle juste avant de jouir, elle était persuadée d'être follement amoureuse. Elle ne voulait plus le quitter. Jamais.

* * *

C'est ainsi qu'ils passèrent le reste de la semaine. Ils firent l'amour du matin au soir, s'interrompant, à l'occasion, pour profiter du soleil ou d'une baignade rapide dans l'océan tiède. Le soir venu, ils marchaient sur la grève, cherchant l'endroit propice pour donner libre cours à leur désir.

Le dernier soir, Vincent emmena Brigitte au sommet d'une falaise surplombant la baie. L'air était doux et fragrant, l'herbe soyeuse. Ils voulaient, tous les deux, conserver de cette dernière soirée un souvenir indélébile. Ils se dévêtirent lentement, exposant leur peau nue aux rayons de la lune et à la brise délicieuse. À genoux l'un devant l'autre, les gestes empreints de tendresse comme en une prière, ils se firent jouir mutuellement, silencieusement. Puis, étendus sous la voûte parsemée d'étoiles, ils firent l'amour une dernière fois en terre mexicaine. Ils s'endormirent ainsi, enlacés et repus, ne rouvrant l'œil qu'au lever du soleil.

* * *

Vincent avait fait changer son billet d'avion. Il voulait absolument rentrer par le même vol que Brigitte. Une fois le changement effectué, il était passé par la chambre de sa compagne et avait frappé discrètement à sa porte.

— Dis, on peut parler?

— Bien sûr! Tout ce que tu veux!

Brigitte devint cajoleuse, tentant de l'attirer vers le lit.

— Non, écoute. C'est sérieux.

Elle crut voir un nuage se profiler à l'horizon et en ressentit une crainte immédiate. Elle prit place sur l'un des fauteuils puis ne bougea plus, attentive.

— Brigitte... la semaine que je viens de passer avec toi a été extraordinaire.

— Mais?

— Mais? Il n'y a pas de mais! Je voulais juste te demander si, une fois de retour à Montréal, nous pouvions continuer à nous voir. Je veux dire, juste nous deux, seuls. Je serais incapable de supporter qu'un autre homme te touche ou te regarde... Alors, si tu as quelqu'un d'autre dans ta vie ou si tu n'es pas prête à m'accorder cela, dis-le, je t'en prie...

Sans hésitation, Brigitte se releva et se faufila dans ses bras. Mais l'angoisse la tenaillait. Elle avait cru qu'il désirait lui parler d'un autre amour à Montréal et elle aurait dû l'accepter. Non sans verser quelques larmes, mais elle aurait fini par accepter. Parce que là, au moins, ç'aurait été lui le salaud. Il lui fallait se rendre à l'évidence... Cet homme lui plaisait terriblement et, tôt ou tard, elle devrait lui avouer la vraie nature de son métier. Mais comment expliquer à l'homme qu'on aime que l'on danse devant des gens strictement pour le plaisir? Elle ne se droguait pas, n'avait pas de problèmes financiers, comme tous les clichés au sujet des danseuses le prétendaient. Loin de là... Elle dansait pour son propre plaisir, pour ce sentiment de puissance et de confiance qu'elle y puisait. Comment avouer à l'homme de sa vie qu'on a besoin de se savoir dévorée du regard, de sentir le désir aussi puissant que le plaisir qu'il rapporte? Elle choisit de remettre la révélation à plus tard. D'ailleurs, en cette semaine où elle avait appris à le connaître, elle avait compris que jamais il n'accepterait qu'elle poursuive son métier comme elle l'avait fait jusqu'à maintenant. Cette façon qu'il avait de se montrer presque possessif... Elle trouverait bien le bon moment ou une solution.

* * *

Ils quittèrent enfin l'hôtel pour se rendre à l'aéroport. Après les formalités d'usage, ils se retrouvèrent calés confortablement dans leur siège. Le décollage s'était effectué en douceur et, comme il s'agissait d'un vol direct, ils assisteraient, aussitôt le léger repas terminé, à la présentation d'un long métrage. C'est à ce moment-là que Vincent avait débuté ses avances.

— J'ai tellement envie de toi...

— Moi aussi. Si tu veux, en arrivant à Montréal, tu peux venir directement chez moi. Tu ne devais rentrer que demain, de toute façon...

— Mais j'ai envie de toi tout de suite!

Il glissa la main sous le petit cabaret abaissé devant elle, puis sous sa courte jupe. Brigitte sentit aussitôt son désir s'affirmer. La main s'insinua sous sa culotte et trouva rapidement ce qu'elle cherchait: l'endroit était déjà bien humide.

Il inséra presque douloureusement un doigt en elle, mais elle était prête à l'accueillir. Vincent s'empara discrètement de l'une des mains de sa compagne pour lui permettre de juger de son propre état.

— Allons dans les toilettes...

Brigitte regarda son compagnon de voyage d'un œil mi-sceptique, mi-étonné.

— Tu es vraiment sérieux, n'est-ce pas?

— Tout à fait.

— Tu me laisses y penser?

— Pas trop longtemps...

Elle réfléchit, tentant de s'apprivoiser à l'idée de sa proposition si candide. «Hum... ça serait toujours possible», conclut-elle avant d'acquiescer d'un petit signe de la tête.

— Patientons au moins jusqu'au début du film...

Ils profitèrent de la présence de leur cabaret pour se caresser avec plus d'ardeur. Quand l'agent de bord vint les enlever, Vincent eut tout juste le réflexe de recouvrir son entrejambe gonflé de sa veste et de retirer sa main importune avant que le jeune homme ne les surprenne.

Presque aussitôt, les lumières diminuèrent d'intensité. Vincent se leva, embrassa Brigitte sur la joue en lui demandant de l'accompagner. Le couple se dirigea vers l'arrière de l'appareil. Par chance, les toilettes étaient inoccupées. Brigitte le laissa aller de l'avant et s'engouffrer dans l'une des étroites cabines, décidant une fois pour toutes de chasser ses dernières réserves et de le suivre.

* * *

Vincent était appuyé contre le minuscule lavabo et l'accueillit à bras ouverts, ayant pris soin de bien verrouiller la porte derrière elle. Leur étreinte se fit tout de suite passionnée, chacun retrouvant les sensations vécues un peu plus tôt et tout au long de la semaine. La cabine était assez étroite, mais ils n'avaient pas l'intention de s'en plaindre. Ils voulaient d'ailleurs être aussi près l'un de l'autre que possible.

Après avoir relevé sa jupe sur les hanches et changé de place avec son compagnon, Brigitte réussit, tant bien que mal, à s'asseoir sur le petit comptoir. Les robinets s'enfonçaient douloureusement dans ses fesses, laissant s'écouler un jet tiède, mais l'inconfort fut de courte durée. Sans s'étendre en préliminaires, Vincent baissa son pantalon, saisit les hanches offertes et s'enfonça entre les cuisses bien écartées de sa compagne.

Tel qu'ils s'y attendaient, quelqu'un frappa à la porte.

— Les gens ne savent pas lire le mot «Occupé?»

— Ne t'en fais pas, il y a d'autres toilettes...

— Mais comment va-t-on s'y prendre pour sortir? Les gens vont savoir!

— Et alors? Ils ne peuvent pas nous jeter hors de l'appareil!

Vincent coupa court aux objections de Brigitte en écrasant ses lèvres contre les siennes. Puis, se retirant, il s'agenouilla devant elle et embrassa sa toison cuivrée et ruisselante. Elle cessa net de protester et se laissa bercer par les mouvements de la langue de son amant. Les vibrations de l'appareil ainsi que quelques turbulences le rendaient un peu maladroit, éloignant sa bouche en un sursaut pour la projeter de nouveau sur elle. Quand il la sentit près de jouir, il se releva et s'enfouit en elle, glissant aisément le plus loin possible. Brigitte poussa un petit cri, camouflé par les incessants cliquetis de la cabine.

Les jambes entourant le corps de l'homme, elle le gui-

dait en elle avec une fougue impatiente, ne pouvant s'empêcher de mordre son cou puissant. En s'avançant à l'extrême
bord du lavabo, elle put même appuyer les pieds sur la
cloison, de l'autre côté de la cabine, son amant ayant plus de
facilité à se mouvoir devant elle. Chaque coup qu'il lui pro-
diguait projetait la tête de Brigitte contre le mur. Mais elle
semblait ne pas le réaliser, toute occupée qu'elle était à jouir.
Le souffle de Vincent s'accéléra et elle sentit venir sa propre
jouissance; elle vint en un torrent, précédant à peine son
amant.

Ils restèrent dans les bras l'un de l'autre quelques instants, puis tentèrent de remettre un peu d'ordre dans leur
tenue. Elle avait les joues roses et les yeux brillants; lui, le
souffle rauque et les cheveux en bataille. Ils convinrent que
la meilleure façon serait sans doute de sortir en même temps
et de regagner leur siège en arborant un air innocent. Mais
aussitôt qu'ils ouvrirent la porte, une dame âgée leur lança
un regard chargé de mépris. Deux jeunes hommes, toutefois,
assis à la dernière rangée, adjacente au mur de la cabine où
ils s'étaient réfugiés, leur firent un petit signe de la main, le
pouce bien élevé en signe d'approbation.

Brigitte rougit furieusement, alors que Vincent se contentait de sourire.

* * *

Le reste du voyage se déroula sans histoire. En arrivant
à Montréal, ils se réfugièrent quelques jours chez Brigitte,
puis quelques autres chez Vincent. Il devenait clair qu'ils ne
se lassaient pas l'un de l'autre, loin de là. À la fin de la semaine, au moment où Brigitte s'apprêtait à reprendre son travail, elle savait qu'elle devait lui parler de son métier, des
raisons pour lesquelles elle le pratiquait. Elle passa trois jours
d'angoisse, se demandant comment il allait réagir. Elle avait

tellement peur que cet aveu ne change leur relation! Elle hésita longtemps, tergiversa, repoussa l'échéance. Prenant finalement sa décision, elle décida que le lendemain soir, la veille de son retour au travail, serait le grand soir.

Comme Vincent était sorti, elle passa la journée aux préparatifs. Elle voulait que la mise en scène soit parfaite: champagne, repas gastronomique, musique douce... Tout d'abord, elle lui déclarerait à quel point il était devenu important pour elle. Elle lui indiquerait ensuite qu'elle n'avait pas été totalement honnête envers lui, ce qui la troublait profondément. Elle avait envie d'une relation stable et exclusive avec lui, il lui fallait donc être le plus honnête possible. Voilà! Il ne pourrait pas lui en vouloir, avec une telle entrée en matière!

Ensuite, elle enchaînerait sur le fait que ce métier, qu'elle pratiquait depuis quelques années, la remplissait de bonheur. Mais qu'elle était prête à l'abandonner, s'il était vraiment incapable de l'accepter. Cette dernière phrase lui faisait mal, mais elle devait se rendre à l'évidence: elle abandonnerait effectivement son métier pour lui. Il représentait un avenir si prometteur! Et, si c'était ce qu'il voulait, il lui laisserait sûrement le temps de trouver quelque chose d'aussi satisfaisant. Quitte à retourner aux études! Ses moyens financiers, d'ailleurs, étaient plus que confortables...

Vincent serait certainement heureux qu'elle lui ait fait suffisamment confiance pour tout lui avouer. Alors, pourquoi était-elle encore morte d'inquiétude? Parce qu'elle avait vu, à plusieurs reprises et dans les yeux de gens qu'elle aimait et respectait, ce mépris indiscutable à l'annonce de son métier. Et ce mépris, elle ne pourrait l'endurer, venant de lui. Tout, mais pas ça! Elle tenta de se persuader qu'il ne pourrait réagir de la sorte, qu'il avait l'esprit ouvert et n'était sûrement pas assez puritain pour la condamner pour quelque chose de semblable. Vraiment? Elle s'en tordait les mains d'anxiété. Car, de tous les scénarios possibles, celui-là serait le pire. Elle pourrait supporter la rupture, changer de métier, mais de voir dans les yeux de l'homme qu'on aime que celui-ci nous méprise...

Enfin. Il était trop tard pour changer d'idée, Vincent serait ici d'une minute à l'autre. Elle arpentait l'appartement de manière presque obsessive, à en user le tapis. Il était en retard. C'était bien le moment! Elle lui avait pourtant bien indiqué que ce soir était très important, qu'elle avait quelque chose de capital à discuter avec lui... Pourquoi ce retard?

Afin de se calmer, Brigitte alluma le téléviseur et syntonisa le bulletin d'informations de 18 h. L'animateur déclamait justement les manchettes:

«Vol à main armée dans une succursale de la Banque Royale.»

«Importante saisie de drogues à l'aéroport de Toronto.»

«Arrestation d'un individu recherché depuis trois mois par la police de Montréal.»

Elle écouta, d'une oreille distraite, les deux premières histoires. À la troisième, son cœur cessa de battre. Une photographie de Vincent occupait l'écran tandis que l'animateur affirmait:

«Vincent Lavoie, trente-quatre ans, a été appréhendé aujourd'hui après trois mois de recherches intensives au Mexique et au Canada. L'individu comparaîtra au palais de justice sous plusieurs chefs d'accusation. Des charges allant du simple proxénétisme à l'opération d'une maison de débauche. Il a été aperçu récemment à Mirabel. C'est ainsi que la police a pu retouver sa trace...»

Brigitte n'en croyait pas ses oreilles. «Et moi qui craignais que mon secret ne gâche tout!».

QUAND NOS AMIS
NOUS LAISSENT TOMBER...

Le bar était presque désert en ce soir de semaine. Il y avait déjà deux jours que j'étais dans cette ville où je ne connaissais personne... pas une seule âme charitable avec qui je pourrais partager mon bonheur tout récent. Et j'avais vraiment envie d'un verre pour célébrer. Je jubilais depuis la veille de mon départ, jonglant toujours avec la réalisation qu'il faut parfois traverser de dures épreuves pour enfin prendre conscience de certains bienfaits... Je m'installai donc le plus confortablement possible et m'accoudai au bar de chêne massif, attendant patiemment d'attirer le regard de l'homme à la mine sympathique qui se tenait derrière. Je n'eus pas à me morfondre très longtemps. Quand il m'emmena mon scotch, il remarqua mon air resplendissant et me demanda ce qui m'arrivait, précisant qu'il était bien agréable d'avoir un client qui semblait si heureux. Je voulus savoir de combien de temps il disposait. Jetant un regard morne sur la pièce, il me répondit sans hésiter: «Toute la soirée!» Ne pouvant résister à la tentation de lui raconter mon expérience, je me lançai à l'eau:

— Jusqu'à mercredi dernier, cela faisait plus de huit mois

que je souffrais. En fait, 252 jours. 252 matins, midis, soirs et nuits. Huit mois et quelques jours d'angoisse et d'enfer à vivre avec ce sentiment d'irréalité, de vide presque total. Trente-six semaines de calvaire, d'agonie, de remise en question existentielle. Et pourquoi? Parce que mon meilleur ami m'a laissé tomber. Ce copain de toujours avec qui j'ai passé les plus beaux moments de mon adolescence et de ma vie adulte. Cet ami, ce frère, presque un mentor. Celui-là même qui m'a initié à des plaisirs indescriptibles, m'a permis de les explorer tant que je l'ai désiré. L'ultime soutien sur qui j'ai toujours pu dépendre, même dans les moments les plus difficiles, et qui, de la même façon, a toujours pu compter sur moi. En fait, il pouvait tellement se fier à ma loyauté qu'il a fait de moi son jouet, son esclave. Et là, sans lui, je n'étais plus rien, je n'avais plus la moindre valeur. Je me demandais même si je pouvais prétendre encore exister...

— Il est parti, ton copain?

— Parti? Non... non, pas du tout. Parce que je parle de lui, bien sûr. Celui qui me traîne entre les jambes depuis ma naissance, mais qui me contrôle depuis mon huitième anniversaire, environ. Mon engin. Mon instrument. Ma queue. Ma bitte. Mon pistolet.

Le salaud ne voulait plus bander. J'ai tout essayé... Il m'est familier depuis un bon moment, tu vois, et je connais les circonstances qui le font frémir. Mais toutes ces situations, même les plus osées, le laissaient tout à coup complètement indifférent. Il restait là, à pendouiller mollement, n'osant même pas me regarder en face. Je lui parlais, je le chouchoutais, rien n'y faisait. Je le caressais, je le cajolais, je le chatouillais, zéro. J'essayais même de stimuler mon cerveau qui était censé, contrairement à toutes mes croyances, contrôler les stimuli de la libido et envoyer le message adéquat... mais sans résultat.

— Oh! mon vieux... je suis désolé.

Le barman avait pris une mine d'enterrement, probablement plus sombre que si ça avait été, effectivement, un vrai ami qui était parti. Il frissonna violemment et me demanda:

— C'est vraiment arrivé comme ça, d'un seul coup? Sans avertissement et sans que tu aies jamais rien connu de semblable auparavant?

— D'un seul coup. La première fois de ma vie. Et je ne souhaite cela à personne! Si tu veux que je te raconte...

— Oui! Ça ne m'a jamais réellement inquiété, mais je suis curieux. On n'est jamais trop informé sur ce genre de choses!

— Tu as tout à fait raison. J'aurais peut-être moins paniqué si j'en avais déjà entendu parler! Voyons... où commencer? Tout d'abord, voici une esquisse de ma vie et de ce que cet organe avait de fabuleux avant qu'il — ou un destin sadique? — me joue ce terrible tour.

Je vis depuis deux ans avec une femme superbe. Du moins, je partageais sa vie jusqu'à tout récemment... De trois ans mon aînée, elle est très compréhensive — jusqu'à une certaine limite, toutefois — et est ce que j'ai toujours qualifié de «vraiment bandante». Cette femme, donc, a été la première avec qui j'ai eu une relation dite stable. Je m'explique: en deux années complètes, je n'ai couché avec aucune autre femme et elle n'a couché avec aucun autre homme (du moins, à ma connaissance). C'était aussi près de l'amour avec un grand «A» que je me sois jamais rendu. Avant elle, j'avais bien sûr exploré les possibilités offertes par la gent féminine et ses multiples facettes si adorables. Je crois bien pouvoir affirmer que j'ai essayé tout ce dont j'avais envie, avec le nombre ou le genre de partenaire le plus varié possible.

L'homme hocha la tête en signe de compréhension, puis, devant mes dernières paroles, il me considéra d'un air rempli de respect.

— Tu vois, je vénère la femme en tant qu'espèce. Qu'elle

soit blonde, brune, rousse ou même grisonnante; grande, petite, maigre ou grassette, chaque femme recèle un mystère que l'homme, s'il est assez habile et chanceux, se doit de découvrir.

— Tu as tout à fait raison. Raconte... tu en as découvert d'assez bonnes pour me les faire partager?

— J'en aurais pour des heures! Mais les meilleures... Attends... Ah! Sûrement la fois où j'ai eu droit à un massage très sophistiqué, prodigué par les mains talentueuses de deux très jolies orientales. Je dis leurs mains, mais toutes les parties de leur corps menu s'y étaient appliquées... Imagine-toi qu'après m'avoir copieusement enduit d'une huile à la douce odeur d'amande, elles se sont mises à glisser sur moi telles des anguilles, l'une devant, l'autre derrière. Je voyais des mains partout — entre mes fesses, sur ma queue, autour de ma taille, dans mes cheveux... — et je sentais leur langue s'insinuer dans chaque coin. C'était divin... Pense un peu! On aurait dit une compétition pour savoir laquelle me ferait jouir le plus. Elles étaient toutes deux délicates, minuscules. Après m'avoir tâté, léché, empoigné à qui mieux mieux, j'ai eu droit à leur petit sexe, successivement. Elles étaient étroites au point d'étouffer ma pauvre queue. Mais je ne m'en plaignais pas! Je m'efforçais d'en pénétrer une, en faisant jouir l'autre avec mes mains libres, avant qu'elles s'échangent les rôles. J'avais à peine le temps de discerner les traits de celle que je venais d'enfourcher que, déjà, l'autre prenait sa place. Et, invariablement, lorsque j'étais prêt à exploser, l'une d'elles s'asseyait sur mon visage, me forçant à la lécher avec conviction, alors que l'autre me massait tendrement, me permettant de refaire mes forces et de résister un peu plus longtemps. Enfin, quand elle sentait que j'étais prêt, elle me suçait frénétiquement. Puis le jeu recommençait. C'est à peine si je pouvais distinguer une bouche ou un sexe autour de ma queue... Je ne sais pas comment j'ai fait, mais ça a duré des heures. Doux souvenirs! Elles m'ont fait goûter des plaisirs fabuleux. Ma peau a senti les amandes des semaines durant...

Le barman émit un petit sifflement avant d'ajouter:

— Hum... je crois que je me suis marié trop jeune. Il y en a eu d'autres, de ce genre?

— Oh! oui. J'étais dans mon époque glorieuse...

Je restai silencieux quelques instants, tentant de ramener les souvenirs à la surface. Et Simone surgit de ma mémoire...

— Je me souviendrai toujours de Simone. La dure, la méchante Simone. Figure-toi qu'elle m'avait emmené dans son «donjon» où une pauvre fille, complètement nue, était attachée et bâillonnée. Habillée en véritable tortionnaire, fouet au poing, elle m'avait bien enchaîné à mon tour. Elle s'amusa d'abord à violer la pauvre fille avec sa main puis avec le manche du fouet. J'étais fasciné par le manche qui s'enfonçait en elle et par le plaisir que cela semblait procurer à Simone. Elle la fit jouir plusieurs fois comme ça et je souffrais terriblement. C'est là que Simone me détacha et m'ordonna de faire l'amour à la fille tandis qu'elle se masturbait. Il n'était pas question de refuser! Je m'exécutai donc sans rechigner. La pauvre fille était complètement trempée et je glissai en elle durement, comblant ainsi les désirs de Simone. Je la défonçais de toutes mes forces en regardant ma maîtresse. Sa main allait et venait sur son sexe rasé, entre les lanières du fouet, et, de temps en temps, pour me récompenser, elle me gratifiait de quelques coups bien administrés. La flagellation n'était pas trop douloureuse... et la victime était fort délicieuse. D'une passivité totale, elle endurait son malheur sans se plaindre, alors que Simone me forçait en elle par tous les moyens et tous les orifices. On ne refusait rien à Simone! Quand elle jugea que la pauvre avait suffisamment souffert, elle m'ordonna de la faire jouir, elle, avec le manche du fouet. Je me pliai à ses désirs, la sachant totalement imprévisible.

Quand elle en eut assez de cet instrument de luxure, elle m'intima d'entrer en elle, moi qui étais encore tout lubrifié de la jouissance de l'autre femme. Cette dernière me regarda partir à regret, me suppliant du regard de rester près d'elle. Simone eut pitié de son évidente déception et s'approcha d'elle, la laissant lui pétrir les seins et l'embrasser tandis que je la pénétrais, d'abord avec le manche, puis avec ma queue juste à point. Simone était devenue la victime...

— Tu me fais marcher...

— Non, je te jure! Je sens encore la brûlure du fouet dans mon dos...

— Elle habite où, cette Simone?

— Ah! je peux te donner son numéro de téléphone... sans garantie!

Le barman arborait maintenant un air franchement révérencieux à mon égard. De toute évidence, il m'admirait autant qu'il m'enviait. Je poursuivis:

— J'allais presque oublier la fois où je me suis retrouvé la queue glissant entre deux énormes seins, ballottant sur un lit d'eau... Cette fille les avait vraiment immenses! Alors que son compagnon se tenait derrière elle et la défonçait impitoyablement, elle me suçait ou frottait ses énormes canons autour de ma queue. Elle les pressait l'un contre l'autre, enfermant ma bitte dans un écrin de chair satinée. Quand je jouis, elle en eut le visage copieusement arrosé...

— Ça suffit! Je te crois. N'en ajoute pas, ça devient pénible!

— Oui, bon. Je ne les ai jamais revus. Aucun d'entre eux, d'ailleurs. Mais tout ça n'était que pour te démontrer que ma queue n'avait jamais été timide. Elle a eu la chance de vivre des choses auxquelles la plupart des hommes ne peuvent que rêver...

— Effectivement!

— Enfin... Pour continuer mon histoire, comme plusieurs, j'ai découvert la sexualité vers l'âge de huit ans. Ma maîtresse d'école, en deuxième année, était une grande rousse à lunettes qui portait toujours des jupes très courtes. Elle avait des jambes à n'en plus finir, qui enflammaient l'imagination de tous les garçons de la classe. Je ne me souviens pas très bien de ma première érection, mais ma première éjaculation, elle, demeure très vivante dans mes souvenirs. C'était un dimanche après-midi et je venais de surprendre ma sœur, alors âgée de dix-huit ans, en train de se changer. Elle se tenait devant son miroir, complètement nue, et se touchait un sein, presque nonchalamment. En la voyant comme ça, j'eus une magnifique érection. Mais c'est quand elle écarta les jambes et se toucha plus bas que je sentis mon pantalon tout poisseux. À partir de ce jour-là, ma vie a pris une nouvelle dimension: celle de tout humain de race mâle qui atteint sa maturité sexuelle. Enfin, maturité est un bien grand mot! Disons plutôt humain de race mâle chez qui les organes sont arrivés à maturité... ce serait plus juste.

Mon nouvel ami m'adressa un clin d'œil complice.

— Dès ce jour, comme tous les jeunes garçons, j'ai exploré mes fantasmes avec des petits trucs innocents du genre «essayer de voir sous les jupes de nos petites amies ou de surprendre notre voisine en train de se déshabiller.» Rien de bien spécial ni de très original, mais, pour un adolescent précoce, ils ouvraient de nombreuses possibilités. Mais revenons à la femme avec qui je partageais ma vie jusqu'à tout récemment: Ève. C'est avec elle, pas à cause d'elle — je ne crois pas — que mon calvaire s'est déclaré. Au début, la première fois, rien de bien inquiétant. Nous avions consommé quelques verres de trop... j'avais une bonne excuse. Dès l'aurore cependant, pour reprendre le temps perdu la veille, je me mis à caresser le corps chaud qui se trouvait à mes côtés. Je n'étais pas, comme presque tous les matins, dur à éclater; ce simple détail aurait dû me mettre la puce à l'oreille. Mais je me convainquis qu'à la moindre réaction de sa part j'aurais le membre bien brandi et prêt à l'assaut. Seulement voilà... Elle se réveilla, s'étirant comme une chatte avant de passer la langue sur ses lèvres en un petit sourire aguicheur, mais mon membre, lui, s'obstina. À mon grand embarras, il se refusa toute initiative et resta complètement endormi. Je n'en croyais pas mes couilles! Mais qu'est-ce qui arrivait, en bas? J'étais pourtant passablement excité... Mon cerveau, bien que pas tout à fait éveillé, aurait dû envoyer le signal correspondant... Mais il ne se passait rien. Au début, Ève observa ma queue, éberluée. Et je la comprends, elle qui n'avait jamais rien vu de semblable chez moi! Elle sourit gentiment et se pencha sur moi, me caressant d'abord le cou de petits lapements agaçants, puis léchant mes mamelons, mes côtes et mon ventre. «Ouf!» me dis-je. «J'ai presque eu peur, pendant une seconde, là!» J'étais convaincu que ce traitement, aussi familier soit-il, arrangerait tout. Mais je me trompais. La bouche d'Ève se rendit enfin jusqu'à ma verge et l'enfourna entièrement. Je fermai les yeux, laissant la nature suivre son cours. Quelques instants plus tard, Ève releva une tête ébouriffée, me regardant fixement avant de me demander ce qui clochait. Mais elle avait l'air moins inquiète que narquoise. Je me défendis avec véhémence que tout allait bien, mais elle se leva et partit vers la douche.

J'étais sous le choc. Je tentai d'imaginer son corps sous la douche, le savon partout sur sa peau... ceci aurait bien dû avoir un effet. Je me vis partant la rejoindre, répandre entre ses cuisses une mousse abondante, puis la pénétrer avec force, par derrière. C'était le genre d'images qui réveillait toujours le guerrier en moi. Mais, cette fois-ci, c'était peine perdue.

En entendant Ève fermer les robinets, je fis semblant de m'être assoupi. Je l'admirai traversant la chambre, nue et ruisselante. Elle se vêtit lentement: le soutien-gorge, la culotte assortie, les bas de soie, la jupe, la blouse, le veston, enfin les chaussures... Ce spectacle me rendait normalement fou. Ces vêtements qu'elle portait pour aller au travail étaient du style à ériger un mât dans mon pantalon. Mais pas ce matin-là. Il n'y avait rien à faire. De dépit, après qu'Ève soit partie, j'empoignai le traître d'une main rude, le forçant à me regarder bien en face, et l'engueulai proprement. Cet épisode me laissa pantois. Vidé. Complètement à plat. Tu peux comprendre, n'est-ce pas? Mais, prenant le tout avec un grain de sel, je finis par me dire qu'il ne s'agissait que d'un petit accident de parcours.

— Mais ce n'était pas le cas?

— C'aurait été trop simple... Quelques jours plus tard, nous nous préparions, Ève et moi, à sortir pour une soirée entre amis. Les soirs précédents, je n'avais rien tenté, par peur de revivre le cuisant échec. Mais ce soir-là, j'avais vraiment l'intention de rétablir l'ordre normal des choses et tout indiquait que ma compagne avait la même idée en tête. Je la regardais s'habiller d'un œil libidineux, enregistrant à la perfection le fait qu'elle ne portait rien sous sa courte jupe. Elle glissa à ses pieds de hautes sandales. Je n'avais plus tellement envie de sortir, mais elle me convainquit de patienter.

Là-dessus, nous avons quitté la maison. Tout au long de la soirée, je ne pouvais m'empêcher de penser à son sexe prenant l'air, bien tranquille, sous sa jupe. Combien de fois, à la faveur d'une table bien couverte, ai-je tenté d'y insérer une main discrète? Ève me laissait faire jusqu'à un certain point, avant de refermer les cuisses et de me rendre ma main. Une fois, mes doigts purent la toucher, sentir cette moiteur bien particulière et appétissante.

À ma grande joie, je sentis enfin un soubresaut dans mon pantalon. Ce petit toucher devait avoir réveillé mon membre paresseux. Tu peux t'imaginer à quel point j'étais fier! Je tentai de le laisser savoir à Ève. Je lui pris la main doucement et la guidai le long de mon pantalon jusqu'à mon entrejambe. Mais, oh malheur! juste au moment où elle l'atteignait... pfft. Comme un stupide ballon qui se dégonfle. Elle dut toutefois en sentir les ultimes vibrations, car elle me sourit et me signifia qu'elle voudrait bien partir bientôt. Mais la soirée s'éternisa. De conversations plus ou moins intéressantes en blagues plus ou moins drôles, nous nous sommes retrouvés, quelques heures plus tard, toujours assis à cette maudite table. Je devenais impatient et la soirée m'ennuyait. J'avais presque oublié la jupe d'Ève, tout concentré que j'étais à camoufler mes bâillements de plus en plus fréquents. Quand, enfin, nous pûmes quitter, je n'avais plus qu'une idée en tête: dormir. Mais ma compagne, elle, nourrissait de tout autres projets.

À l'arrivée, elle me laissa à peine le temps de franchir la porte, se ruant sur moi et me couvrant de baisers gourmands. Dormir? Qui avait besoin de dormir? Elle me poussa, plus qu'elle ne m'entraîna, vers la chambre. Se frottant tout contre moi, ses bras pétrirent mes fesses et mon dos. Puis, glissant une longue cuisse entre mes jambes, elle me fit sentir son impatience. Quand sa main vint tâter le devant de mon ventre et n'y trouva rien de bien excitant, elle me jura que je ne perdais rien pour attendre.

Après avoir enflammé les deux lampions ornant nos tables de chevet, elle alluma la radio. Elle me fit étendre sur le lit, grimpa à son tour et, debout, se mit à danser devant moi. Elle déboutonna lentement sa blouse, saisit ses seins de façon à les laisser échapper du soutien-gorge et les caressa, arrivant même, par quelque gymnastique cervicale, à ce que sa langue les atteigne. D'un toucher moins que tendre, elle fit se redresser les mamelons foncés qui semblaient me regarder fixement dans l'attente d'un geste de ma part. Relevant la jupe sur ses hanches, elle ouvrit les jambes, me laissant admirer son sexe luisant dont la douce odeur sucrée me parvenait.

Elle retira ses chaussures et, s'écartant davantage, g.
une main entre ses cuisses, continuant la caresse que j'av.
entamée quelques heures plus tôt. Je restai là sans bouge.
me régalant du spectacle. Elle s'avança un peu plus près de
moi, déposa un pied sur ma poitrine et l'autre sur les oreillers.
J'avais son sexe au-dessus du visage, assez proche pour en
discerner chaque repli, mais trop éloigné pour y toucher. Ses
jambes gênaient mes mouvements et c'est exactement ce
qu'elle voulait!

Je regardai avec fascination l'un de ses doigts s'insérer
en elle et en ressortir humide et ruisselant. Je m'attendais, à
chaque instant, à ce qu'une goutte de sa sève vienne atterrir
sur mon visage, me permettant enfin d'y goûter... mais elle
fit durer le suspense. Son doigt s'activa de plus en plus fermement sur son sexe maintenant gonflé. Je la sentais prête à
s'abandonner, à se laisser aller à la jouissance. Mais elle n'en
fit rien. Se redressant tout d'un coup, elle partit chercher un
flacon de cristal de forme ovale au bout arrondi.

Surplombant de nouveau mon visage, elle engagea le
flacon en elle. Celui-ci s'inséra facilement, ayant l'air fait sur
mesure. Connaissant bien ma compagne, je m'empressai de
déposer une main, libre cette fois-ci, sur son ventre, laissant
un seul doigt chercher la petite excroissance qui, je le savais,
la ferait hurler de plaisir.

Voyant le flacon qui s'insinuait de plus en plus intime-
ment et rapidement, mon doigt trouva enfin «l'interrupteur»,
qu'il frotta doucement. Ève avait le souffle court, sachant la
jouissance imminente. Je la regardai tendrement, dans l'envie
de remplacer cette fiole par mon membre, mais elle ne m'en
donna pas le loisir. Remuant le bassin de façon à déplacer mon
doigt plus rapidement sur elle, elle jouit enfin, déversant le témoignage de son plaisir jusque dans mon visage.

— Tu ne fais qu'en parler et je bande... Et toi, ça marchait ou pas?

— Un peu de patience, j'y arrive. Je savais maintenant ce qui m'attendait. Contrairement à certaines autres femmes, quand Ève jouissait, elle devait absolument se faire pénétrer avec force, de manière à «compléter» son orgasme.

À bout de souffle, impatiente, elle tenta d'arracher mon pantalon. Ses mains, rendues maladroites, n'arrivaient pas à le déboutonner et elle m'implora de l'aider. Seulement voilà... Je savais qu'elle ne trouverait malheureusement pas ce qu'elle cherchait si désespérément. Enfin, pas pour le moment. Je devais sauver ma peau. Je lui offris de la faire jouir de nouveau pour retarder l'échéance. J'essayai de la renverser, feignant de m'attaquer à elle avec ma langue humide. Je réussis finalement à la convaincre et la retournai sur le dos, enfouis mon visage entre ses cuisses ruisselantes et entrepris, avec dextérité et savoir-faire, de l'entraîner dans les délices de la volupté. Je tentais en même temps de convaincre ma queue de réagir, de faire ce pour quoi elle avait été «dressée», mais en vain. Je goûtais le sexe d'Ève, qui semblait apprécier le traitement depuis un bon moment. Ses ongles me griffaient le dos et ses cuisses me serraient la tête. Tout à coup, l'inspiration me vint. L'idée qui causerait la réaction tant attendue de mon organe. Je dis à Ève:

« Parle-moi, confie-moi ce que tu ressens....

— Je brûle... Je me sens couler comme une chute! Il ne me manque que ta grosse queue pour me remplir complètement! Je viens, je viens!»

Et, comme par magie, ma queue réagit enfin. Timide au départ, elle se dressa fièrement. Je m'empressai de défaire mon pantalon. J'y jetai un coup d'œil et la reconnus enfin, prête à intervenir. Mais au moment où sa tête effleura la cuisse d'Ève, la salope me refit le coup du ballon qui se dégonfle. J'étais bouleversé. Je tentai de la dérober à la vue de ma compagne, sans succès. Elle vit sa déconfiture presque en même temps que moi. Elle se leva, se couvrant du drap froissé, et partit au salon. Malgré mes excuses, elle crut immédiatement que je voyais quelqu'un d'autre.

— Typique!

— Ouais... Je lui assurai que ce n'était pas le cas et que j'étais aussi inquiet qu'elle de cette situation. Elle ne savait trop comment réagir. Elle ne désirait pas se fâcher, mais n'y pouvait rien. Elle décida donc de se coucher, me laissant seul au salon à fumer environ un paquet de cigarettes à la chaîne, tout en m'interrogeant. Pourquoi moi? Pourquoi maintenant? Je n'avais rien changé à mes habitudes. Je n'étais pas plus stressé ou angoissé qu'en temps normal. Pourtant, il ne m'était jamais rien arrivé de semblable et j'étais désespéré. Je finis par m'endormir sur le sofa et passai une nuit agitée. Au lever du jour, je constatai en m'éveillant que ma stupide queue était aussi flasque que la veille. Même mes érections incomparables et légendaires du matin avaient disparu. Il fallait que je trouve une solution. Peut-être les copains avaient-ils déjà vécu quelque chose de similaire? Je m'empressai de le leur demander.

— Et je suppose qu'ils t'ont dit que ça ne leur était jamais arrivé?

— Exactement! Ils n'ont fait qu'empirer mon état! Comme si j'attaquais leur virilité alors que moi, je m'étais mis à nu devant eux, risquant le ridicule. Ils prétendaient faire l'amour presque immanquablement à chaque jour. Les rares fois où cela ne se produisait pas, c'était à cause de leurs femmes! Alors, ils ont conclu que c'était peut-être Ève qui ne me faisait plus d'effet. Quand je leur ai assuré que ce n'était vraiment pas le problème, ils m'ont suggéré d'aller voir ailleurs. Sans tricher, nécessairement. Simplement regarder des danseuses, ou des films... n'importe quoi! Mais me payer une bonne portion de ce qui me faisait bander.

La suggestion en valait bien une autre. En retournant à la maison, ce soir-là, je m'arrêtai au club vidéo. J'étais friand,

avant de rencontrer Ève, de certains de ces films où des do-
minatrices, tout de cuir vêtues, faisaient la fête à un pauvre
homme réduit à l'état d'objet. La seule pensée qu'une ama-
zone, fouet à la main et rouge à lèvres écarlate, me masturbe
jusqu'à ce que je crie grâce m'avait toujours excité. Je choisis
une cassette qui semblait bien refléter cette scène et me dirigeai chez moi, le cœur léger.

En arrivant, Ève m'accueillit vêtue d'un petit body de
dentelle, deux coupes de vin à la main. Elle m'installa sur le
sofa et vint s'asseoir à mes côtés. Elle s'excusa pour sa réaction de la veille et me demanda s'il y avait quelque chose
qu'elle pourrait faire pour m'aider à surmonter mon «problème». Je lui montrai la cassette et lui fis part de mon plan.
Sans un mot, elle partit vers la chambre. Elle en ressortit un
peu plus tard, portant un bikini simili cuir, de longues bottes
à talons hauts et tenant deux ceintures de cuir à la main. Elle
me noua les mains avec l'une d'elles et inséra la cassette dans
l'appareil.

Le film répondait tout à fait à mes attentes. Une grande
brune menaçait un pauvre homme impuissant de son fouet,
l'intimant de lui lécher les bottes, puis le sexe, sous peine de
flagellation. Ève fit de même. Elle s'agenouilla au-dessus de
ma bouche et m'obligea à la lécher, de côté, de manière à ce
que je puisse suivre ce qui se passait à l'écran. La grande
brune força ensuite l'un de ses seins volumineux dans la
bouche de l'homme, imitée par Ève, qui m'étouffa presque.
Après quelques minutes de ce manège, l'homme de l'écran,
bandé, se fit arracher le pantalon. La femme le caressa doucement au début, enroulant son fouet autour du sexe brandi
de l'homme. Sa salive coulait le long du manche, son rouge
à lèvres laissant des traces écarlates.

Ève s'empara de ma verge toute molle et entreprit de la
cajoler aussi. De sa bouche experte, elle suça, tâta, secoua,
lécha tant et si bien que je ressentis un petit courant électrique

me parcourir la queue. Encouragée, Ève me suça de plus belle, se caressant aussi pour ne pas me laisser souffrir seul. Je l'admirais, de côté, les fesses rebondies, les cuisses écartées, les lèvres autour de ma queue. Quelle vue! Le haut du bikini retenait à peine ses seins, les laissant se frotter contre ma hanche. À l'écran, le bonhomme avait le visage congestionné, alors que la belle l'aspirait avec force. Sa queue était immense, ce qui n'empêchait pas la femme de l'avaler entièrement. Quand enfin l'homme jouit, répandant son sperme sur le visage ébahi de la femme, je sentis ma queue ramollir d'un seul coup. Ève releva la tête, déçue. Je détournai la mienne, gêné.

— Dis donc, t'étais vraiment bloqué dur... pardonne-moi l'expression!

— Ça va... je suppose que c'est approprié. Toujours est-il que mon amie ne se découragea pas. Le lendemain, nous allions essayer les danseuses. Ève savait bien qu'à une époque pas si lointaine j'y allais régulièrement avec les copains. Elle ravala son orgueil et m'accompagna. Le bar n'était pas bien différent de tous les autres du genre. Ayant pris place le long de la petite scène, Ève et moi admirions ces beautés quand l'une d'elles, entre deux pas de danse plutôt suggestifs, fit voler son slip qui atterrit sur mon épaule. Ève me lança un petit sourire amusé. La fille resta devant moi quelques instants, jusqu'à ce que ma compagne lui fasse signe de venir plus près. Elle lui glissa un billet, que celle-ci fit disparaître en partie dans sa culotte. Elle avait des seins énormes, une toute petite taille, des hanches bien rondes et de très longues jambes. Ses cheveux étaient remontés en chignon et elle ne portait, à part un petit cache-sexe et un minuscule soutien-gorge, que des chaussures rouges aux talons vertigineux.

Elle approcha son tabouret de l'endroit où nous étions assis et se mit à danser pour nous, me regardant droit dans les yeux. Elle évoluait lentement, s'adaptant au rythme de la musique. S'étirant langoureusement à la manière d'une chatte, elle se retourna pour me laisser admirer la courbe de ses fesses rondes. Puis elle me fit face, laissant le bout de ses seins généreux s'approcher presque au point de me chatouiller le nez. J'eus beaucoup de peine à ne pas sortir la langue. Ses mains dessinaient les contours de son corps et elle laissa enfin retomber son épaisse chevelure qui cascada jusqu'à ses reins. Pendant ce temps, Ève me murmurait des choses très intéressantes. Elle voulait savoir si la fille me plaisait, si j'aimerais qu'elle se joigne à nous. Tu penses! Elle proposa de l'inviter, me demandant si une petite fête à trois m'exciterait, si ça me plairait de la voir, elle avec l'autre femme. S'apercevant que ses paroles avaient de l'effet, elle en rajouta. Elle me dit que je pourrais prendre la danseuse par-derrière, tandis qu'elle la caresserait à son tour... Qu'après, nous pourrions échanger ça. Comme la pièce de musique se terminait, Ève refila un autre billet à la danseuse et reprit ses excellentes pensées. Elle prétendit qu'elle trouvait les seins de la fille vraiment beaux, qu'elle aimerait bien y toucher. Elle m'affirma qu'elle n'avait jamais fait une telle chose, que je devrais lui apprendre. Ou alors que je pourrais avoir l'autre femme à moi tout seul, qu'elle se contenterait de nous regarder... Ma nuit avec Simone me revenait en mémoire et je sentis ma queue tressauter. Mon cerveau s'enflammait tant les possibilités qu'elle me présentait étaient bouleversantes. Je m'imaginais avec plaisir, entouré des deux beautés, les prenant l'une après l'autre, avec une petite «pipe» entre les deux. La nouvelle pièce de musique tirait à sa fin. J'avais assez vu la danseuse... Tout ce que je désirais, c'était prendre Ève le plus brutalement possible. Mes jours d'orgies étaient terminés, mais ça ne voulait pas dire que je ne pouvais pas abuser de ma petite amie!

Prenant Ève par la main, je l'entraînai d'un pas rapide

vers notre voiture. J'étais bien décidé à la baiser sur le siège arrière, là, maintenant. Nous l'avions laissée dans un stationnement assez éloigné de l'artère principale, que je savais sombre. J'ouvris la portière arrière de la voiture et y précipitai une Ève consentante. Refermant la porte derrière moi, je m'empressai de dégager ses seins et de les mordiller. Puis, je fouillai sous sa robe à la recherche de son sexe qui, une fois de plus, était bien à découvert, libre de tout vêtement. Je ne voulus pas prendre la chance d'attendre ou de faire un faux pas. Je défis mon pantalon à toute allure et m'étendis sur elle... avant de me mettre à pleurer. Je n'avais même pas eu le temps de «le» sortir de mon pantalon qu'il s'était déjà ramolli dans un dernier sursaut.

— C'est pas possible! Écoute, tu commences vraiment à me faire peur... Après tous ces essais! Ça s'est réglé ou pas?

— Laisse-moi continuer... Devant cet autre lamentable échec, comme tu t'en doutes, j'étais complètement désemparé. Ève me consola du mieux qu'elle put, mais rien n'y fit. Je ne savais plus que faire. En rentrant, je me servis un double scotch, puis un autre, et partis me coucher.

Le lundi matin, je quittais ma douce compagne sans qu'aucun changement ne se soit produit. J'étais dans un état pitoyable. Au bureau, vers les 13 h, ma secrétaire m'informa qu'une Madame Lemieux désirait me voir. Madame Lemieux? Je ne connaissais pas de Madame Lemieux. Je dis à ma secrétaire de la faire venir à mon bureau. Je la reconnus à peine... Elle portait pourtant souvent ce genre de vêtements: tailleur ajusté, blouse de satin, talons hauts, bas de soie. Mais son visage était camouflé par un énorme chapeau orné d'une voilette. Elle semblait tout droit sortie d'un exemplaire de *Paris Match* ou d'une autre revue de mode. La secrétaire éclipsée, Ève s'empressa de refermer la porte. Devant mon air ébahi, elle m'avoua qu'elle passait dans le coin et se demandait comment j'allais. Elle croisa les jambes, faisant du même coup relever sa jupe et exposant la lisière de ses bas. J'étais fasciné par cette jambe gainée de soie comme d'une seconde peau. Elle avait revêtu un porte-jarretelles assorti à la couleur des bas et s'amusait à en étirer les courroies. Remontant une jambe sur mon bureau, le talon bien appuyé, elle me montra qu'elle avait définitivement pris l'habitude de ne plus porter de culotte sous ses vêtements. Je déglutis péniblement, croyant voir où elle voulait en venir. Elle prit un stylo qui traînait sur mon bureau et s'amusa à le glisser sous la lisière soyeuse de ses bas, m'indiquant combien il serait facile de les enlever. Puis la plume se mit à dessiner des arabesques dans les poils très courts, tout autour de son sexe, contournant les lèvres charnues, la pointe disparaissant discrètement quelques instants pour réapparaître, luisante. Elle lécha distraitement le bout du stylo qui était en elle quelques secondes plus tôt et me demanda si sa tentative de séduction réussissait. Je regardai mon pantalon et fus ravi de voir une petite bosse en orner le devant. Je lui fis un petit sourire narquois. Elle me rendit mon sourire et, sans que je puisse l'en empêcher, grimpa sur mon bureau et remonta sa jupe autour de la taille. Puis, elle s'installa sur les mains et les genoux et me lança son entrejambe étincelant au visage. Devant tant d'exhibitionnisme, je m'emparai du petit trophée cylindrique qui trônait sur mon bureau et l'insérai lentement et doucement en elle. J'avais son sexe à la hauteur des yeux et pouvais en voir tous les replis, admirer l'objet que j'enfonçais en elle s'enduire de sa jouissance. Je m'enhardis et accélérai mon mouvement. Ève gémit et sa main glissa à la rencontre du trophée, s'activant sur la fine pointe de son sexe affamé. Je la regardai jouir, presque hypnotisé par le mouvement de va et vient que j'imposais à l'objet de métal. J'étais à ce point fasciné que je ne réalisai pas immédiatement mon érection maintenant complète. Quand enfin elle devint telle qu'il m'était impossible de l'ignorer, je fis descendre Ève de mon bureau. La retournant dos à moi, je renversai le haut de son corps sur la surface de bois et m'emparai d'elle. Je me frottai contre son corps divin, m'apprêtant à la conquérir.

— Dans ton bureau!

— Dans mon bureau... Pas de fenêtres à l'intérieur, insonorisation supérieure. Je lui embrassai le cou, les épaules, laissant glisser le chemisier sur ses seins, lui pinçant les mamelons. J'étais si soulagé! Cette fois-ci, ça marchait! S'il fallait que je me résigne à ne faire l'amour qu'au bureau, eh bien! tant pis, c'est ce que je ferais!

Cette pensée dut cependant avoir un effet négatif car, instantanément, ma queue reprit l'apparence flétrie qui lui était maintenant trop coutumière. Ève se leva d'un bond, ajusta ses vêtements rapidement, ouvrit la porte de mon bureau et sur un «Merci quand même, Monsieur Boisvert!» plutôt sec, quitta la pièce, me laissant là, la porte grande ouverte, le pantalon enroulé autour des genoux.

— Aïe! Quelqu'un t'a vu?

— Je ne crois pas. Mais je suis presque sûr que ça n'aurait pas tellement ajouté à mon humiliation... J'étais anéanti! Ève a persévéré ainsi pendant plus de trois autres mois. Je lui en serai toujours gré, même si c'était inutile. Elle a tout essayé: costumes sexy de tous genres, accessoires, films plus osés les uns que les autres. Finalement, elle a abandonné. Elle a commencé à se détacher de moi, jusqu'à ce que nous nous rendions à l'évidence: le dommage était irréparable et la situation ne semblait aucunement vouloir s'améliorer.

Nous nous sommes finalement quittés, amers et déçus. Mais je ne pouvais lui demander plus de patience ou de coopération et mon cas semblait irrécupérable. Elle a fini par me traiter de lâche, parce que je refusais d'aller consulter un médecin. Mais je n'avais rien! Je bandais encore, brièvement, avant de passer à l'action. C'est alors que tout se gâchait! Je ressentais le même frétillement dans les moments d'excitation mais, tout de suite après, cette espèce de chute de pression venait tout gâcher. Il était exclu que j'en parle à un médecin! Eh! c'est de *ma* virilité dont il était question! Et si je n'étais plus capable de satisfaire ma compagne sur demande, comme j'en avais jusqu'à tout récemment eu la possibilité, eh bien! tant pis. Je devrais me débrouiller pour me guérir seul.

Devant ma mine de plus en plus pitoyable, les copains avaient fini par m'avouer que les «presque tous les jours» et les «quatre ou cinq fois par semaine» n'étaient pas tout à fait exacts. Sylvain m'avait même confié, presque sur la défensive que «avec le boulot et les enfants, c'est un peu normal... Mais je bande encore!» Je choisis de ne plus leur en parler. À partir de ce moment-là, j'avais commencé à sérieusement dépérir. Le scotch que je me permettais après une journée particulièrement stressante s'était transformé en quatre ou cinq par soir. Parfois, j'en prenais même à l'heure du midi. Je dormais mal, tentant de découvrir ce qui avait bien pu se passer, pourquoi j'avais été «puni» de la sorte.

— Je te comprends... À ta place, beaucoup d'hommes auraient fait pire!

— Encore un peu et je crois bien que je sombrais. Et un beau jour, le 253e, je pris la résolution de ne plus y penser. Comme un amputé doit s'efforcer de ne plus songer à sa jambe coupée. Je haïssais mon pénis avec une passion dévorante. Je ne lui parlais plus, ne le regardais plus. Je le boudais comme un enfant. Cela dura deux jours. Le troisième, me sentant au plus bas, je me permis de téléphoner à Ève pour voir si elle serait disposée à me consoler. Elle m'accueillit un peu froidement, au début. Mais je lui fis comprendre que j'avais vraiment besoin d'elle et j'usai de tout mon charme pour la convaincre. Je précisai que mon problème n'était toujours pas réglé, mais que j'avais vraiment besoin d'une oreille attentive et d'une épaule réconfortante. Devant tant de sincérité désarmante, elle accepta.

Je ne l'avais pas revue depuis notre rupture. Je me rappelais avec mélancolie la délicatesse de ses contours, elle si belle, totalement femme. Je pensais à sa grande compréhension. Elle avait vraiment tout tenté... J'avais été chanceux de tomber sur une telle femme. Mais malgré tous ses efforts, plus elle était sexy, plus ma queue s'obstinait. Plus elle essayait de me rassurer, plus je la décevais. Je lui devais bien des choses, je commencerais donc par beaucoup de respect et de nombreuses excuses.

— Ça marche normalement assez bien, avec les dames, l'humilité...

— Écoute, ce n'était plus de l'humilité, c'était du désespoir! Je sonnai donc chez elle plutôt anxieux et eus un véritable choc quand elle me répondit. Elle portait un vieux survêtement taché de peinture. Ses cheveux était noués en un vague chignon sur le dessus de sa tête et retombaient en mèches molles autour de son visage et dans ses yeux. Elle avait une mine terrible! Pas maquillée, les bas troués, et ce survêtement difforme cachant ses courbes délicieuses... Je m'inquiétai immédiatement et lui demandai ce qui n'allait pas. Mais avant même qu'elle me réponde, je ressentis, dans mon pantalon, le premier véritable et solide tressaillement depuis des mois. «C'est impossible», me dis-je. «Elle a l'air d'un épouvantail!» Mais c'était bien vrai! Je regardai discrètement en direction de mon propre survêtement et n'en crus pas mes yeux: ma queue brandie était tellement rigide qu'elle formait une petite tente dans mon pantalon! Ève suivit mon regard et écarquilla des yeux stupéfaits. Ce spectacle la décida à me laisser entrer. Elle s'inquiétait pour l'effet de cette vision sur le voisinage...

Mais je la sentais sceptique. Elle devait se dire qu'à tout moment la «tente» s'écroulerait, me laissant humilié une fois de plus. Elle me fit entrer et se retourna pour se diriger vers la cuisine afin de m'apporter une bière. C'est alors que je vis, à travers un trou dans son pantalon, qu'elle portait une de ces horribles culottes de coton rose dont on se moquait autrefois! Lâche et éventée, elle dépassait même de son pantalon. À cette vue, ma queue se redressa et s'allongea d'un bon centimètre. Mais que se passait-il donc? Cela me faisait bander, maintenant? C'était le monde à l'envers. Ève revint avec la bière et observa mon entrejambe, incrédule. Mais elle se contenta de me sourire, ne voulant ajouter à ma déception imminente.

De mon côté, je n'avais qu'une idée en tête: lui arracher ces vêtements répugnants! De crainte de voir mes espoirs s'envoler, je me risquai à lui signifier que j'avais cette solide érection depuis plus de cinq minutes. Wow! Un peu plus, je sautais de joie. Ève me fit remarquer que, pourtant, elle ne portait rien de très sexy... Je lui fis comprendre qu'il s'agissait peut-être là de l'explication et lui demandai quel genre de soutien-gorge elle portait. Elle me répondit en soulevant son chandail, dévoilant un soutien-gorge beige et grossier lui recouvrant entièrement la poitrine. Il semblait si vieux que des fils s'en échappaient, menaçant le tissu de se défiler en un instant. Vraiment rien d'attirant, au contraire! Mais ma queue bondit d'un seul coup, laissant même perler une petite goutte qui me brûla presque. Il y avait si longtemps...

Ève avait l'œil aiguisé. Elle retira son survêtement, me montrant ses culottes roses dans toute leur laideur, puis son chandail. Elle se tenait devant moi, affublée de ces affreux sous-vêtements et de ses bas troués, et je bandais. Je bandais comme un étalon. Elle baissa mon pantalon et me suça. J'attendais à chaque instant la déconfiture... qui ne venait pas! Se dirigeant vers le sofa, Ève me fit signe de la suivre. Elle saisit sa culotte et la poussa de côté, sans la retirer, afin de dégager son sexe. J'entrai en elle d'un coup, plus dur que je ne l'avais jamais été. Ève me fit l'amour lentement, tendrement. Je l'aimai de toute ma queue et m'appliquai à faire durer le plaisir aussi longtemps que possible.

Quand enfin je jouis, j'eus un moment de lucidité: «Quels horribles sous-vêtements!»

POUR UNE BONNE CAUSE

La porte s'ouvrit sur un grincement et ma copine de toujours, Liza, fit son entrée. Elle me jaugea des pieds à la tête, m'adressa son fameux sourire et vint s'installer tout près de moi. Elle attendait manifestement que j'entame la conversation. Je savais que nous aurions tout le loisir de jaser des choses moins importantes éventuellement, aussi m'empressai-je de sauter dans le vif du sujet. C'était d'ailleurs le but de sa visite. J'avalai ma salive et commençai résolument:

— Tu te souviens de ma mère qui disait: «Les hommes causeront ta perte, ma fille»? Eh bien! ma chère, je crois devoir dire qu'elle a encore, tant d'années plus tard, raison. Tu ne devineras pas le pétrin dans lequel je me trouve. Moi! Une femme mature, censée toujours prendre les bonnes décisions et être en mesure de juger adéquatement des faits et des conséquences. Eh bien! non. Je me suis fait avoir comme une gamine, même si, en fait, une gamine n'aurait jamais pu se retrouver dans une telle situation...

— Commence par le début, si tu le veux bien. Je ne suis plus très au courant des derniers développements de ta vie, tu sais...

— C'est vrai, excuse-moi. Voilà... Mes ennuis ont commencé peu après que j'eus emménagé dans ma nouvelle demeure. Tu te souviens, l'an dernier? J'habitais un immeuble à logements dans lequel j'avais vécu heureuse plusieurs années. Je n'avais d'ailleurs jamais envisagé quitter ce magnifique appartement du 20e étage, d'autant plus que mes voisins, Steve et Sylvie, étaient tout à fait charmants et complaisants, me permettant même de perfectionner mes aptitudes à l'exhibitionnisme.

— Tiens, tiens... Ça t'est venu comment?

— Bien innocemment... Je n'avais pas muni les grandes fenêtres de ma chambre de rideaux et mon amant du moment aimait bien me regarder danser, toutes lampes allumées. J'avais donc préparé une petite démonstration de mon savoir-faire, pour lui plaire, et m'étais rendu compte que mes voisins pouvaient — et je crois bien qu'ils en avaient profité — observer nos ébats à leur guise. Un autre merveilleux avantage de l'architecture en croix de l'édifice! Cette réalisation m'avait procuré une pointe de fierté et j'avais pris un certain plaisir à leur dévoiler par la suite tout ce dont j'étais capable. Il ne m'a pas fallu beaucoup de temps pour comprendre que mes voisins me regardaient effectivement chaque fois qu'ils en avaient la chance et que cette situation m'excitait au plus haut point. Après, il y avait eu Dave. Un solide gaillard, avec une queue immense, que tu aurais sûrement apprécié. Je le vis pendant environ un mois, du moins jusqu'à ce que sa femme — j'ignorais, bien entendu, qu'il était marié! — vienne chez moi et me menace en termes bien précis. J'étais déçue. Dave était un amant sublime et je commençais à m'attacher à lui. Je ne suis pas une grande sentimentale, mais j'aurais bien aimé passer encore quelque temps avec lui. Il était bien un peu brutal et son membre immense, mais il était tout à fait merveilleux. Je le quittai à regret, le regard bien posé vers l'avenir. Mais son épouse bafouée faisait de son mieux pour me rendre la vie impossible... Et là, une copine me trouva la solution idéale. Élise, tu te souviens d'elle?

— L'agent immobilier?

— Oui. Il semblait évident que j'avais besoin d'un changement de décor. Elle tenta donc de me convaincre d'acheter une maison. Elle me dénicherait la perle rare, adaptée à mes moyens. Elle trouva très rapidement de quoi me plaire. Dès mon déménagement, je trouvai la vie de propriétaire très agréable. Mes anciens voisins me manquaient déjà, mais je me dis qu'il arriverait bien quelque chose d'excitant dans le voisinage pour ne pas me faire regretter ma décision. En attendant, le seul souvenir concret qu'il me restait de Dave consistait en une mince ceinture de cuir, laissée chez moi par inadvertance. La même ceinture qu'il avait utilisée, un soir, pour me fouetter tendrement. J'en gardais un souvenir intense et délicieux et ne me gênais pas pour en faire usage quand le besoin s'en faisait sentir.

Mais voilà qu'un beau jour, une camionnette verte se gare devant la maison et un jeune homme sonne chez moi pour m'offrir des services d'entretien de la pelouse. «Ce n'est pas ma pelouse qui a besoin d'entretien!» me dis-je devant la splendeur du jeunot. Et comme il avait l'air gentil, je lui permis de se mettre à la tâche.

En le voyant travailler sous le lourd soleil de juillet, je ne pus m'empêcher de surprendre ses regards furtifs en ma direction. Il était mignon comme tout! Il rougissait en me dévisageant, tout en arborant une mine sûre de lui, que je devinais n'être qu'une façade. Je lui demandai s'il reviendrait toutes les semaines et lui offris de le payer d'avance. Ce qu'il accepta avec joie. Il entra quelques minutes, son travail terminé, et je lui donnai l'argent. Après de brefs remerciements et de courtes présentations, il partit sur un petit signe de la main.

— Oh! oh! quand tu dis jeunot...

— Oui, enfin, il n'avait pas vingt ans. Mais laisse-moi continuer! Ce soir-là, et selon mon habitude acquise lors des grandes chaleurs, j'allumai la radio et me glissai lentement, nue comme au jour de ma naissance, dans la piscine que j'avais fait installer dès mon arrivée. L'eau était d'une température idéale, juste parfaite pour rafraîchir un corps trop chaud. Je pataugeai quelques instants, puis me laissai flotter sur le dos, admirant le ciel étoilé. Après quelques minutes de ce manège, mon corps se dirigea de lui-même vers le jet puissant du système de filtration.

Le bouillonnement était intense, aussi le laissai-je masser mes seins, mon ventre... l'intérieur de mes jambes. Devant l'accueil chaleureux de mon corps envers cette caresse inattendue, j'écartai les cuisses un moment pendant que le chaud tourbillon me massait. Puis, sur une subite impulsion, je sortis de la piscine, m'entourai d'une serviette et partis chercher la ceinture de Dave. Une fois de plus, je devins moite à son simple toucher. Je la fis glisser sur mes cuisses, dans mon dos, sur mon ventre... puis, la saisissant par les extrémités, la passai lentement entre mes jambes, laissant le cuir frotter contre mon sexe gonflé.

L'obscurité régnait chez moi. Je puis donc m'étendre sur la chaise longue, permettant à ma main de terminer ce que la ceinture avait entrepris. Au bout de quelques minutes, je jouis en silence, pensant à Dave, à mes anciens voisins, au jeune homme de l'après-midi... et entendis une branche craquer. L'oreille attentive, je perçus, venant de la cour faisant dos à la mienne, des petits rires, suivis de chuchotements incompréhensibles. M'avaient-ils vue? Qui était-ce? La curiosité me dévorait. Je m'enveloppai donc de ma serviette et m'approchai à pas feutrés de la clôture voisine.

Un couple était étendu dans l'herbe, se bécotant en riant. De toute évidence, ils tentaient d'être silencieux, mais sans grand succès. Je ne pouvais pas distinguer leur visage, seu-

lement leur silhouette. Ils me parurent jeunes. Des ado-
lescents, même. Le garçon semblait entreprenant sans que sa
compagne tentât de le retenir, laissant paraître sa nervosité à
coups de petits rires étouffés. Elle lui permettait de flatter sa
jeune poitrine, malgré son manque de douceur. Mais quand
il tenta d'insérer une main dans son short, elle se releva d'un
bond, tout rire évanoui, et s'exclama, avant de s'enfuir:

«Pas ça, Pierre! Tu avais promis!»

Pierre... était-ce le même Pierre qui était venu chez moi
dans l'après-midi? Sans doute. Le pauvre! Être si mignon et
ne pas arriver à ses fins... «Il devrait choisir ses petites amies
plus vieilles ou plus dégourdies!», me dis-je. Ne voulant pas
qu'il me sache là, je retournai doucement à l'intérieur, me
préparai un verre que je dégustai devant la télé avant de m'endormir.

* * *

Liza était accrochée à mes lèvres. Elle me connaissait
suffisamment pour savoir que je ne la ferais pas languir sans
que le résultat en vaille la peine. Elle avait même retiré sa
veste et ses chaussures, afin de pouvoir écouter mon récit
plus attentivement. Je continuai avec plaisir:

— Le lendemain avait été aussi torride que la veille. Je
n'avais pas eu le courage de m'habiller de la journée, me contentant de rester en maillot de bain. Je n'avais pas fait grand-
chose, d'ailleurs, optant pour une activité peu éreintante: me
prélasser au soleil en lisant un bon livre entre deux baignades.
L'investissement de la piscine s'avérait déjà rentable...

J'aperçus, à la fin de la matinée, mon voisin de la cour
arrière. C'était bien le jeune homme qui était venu s'occuper
de ma pelouse, la veille, et qui avait connu un revers désagréable en soirée. Il trimait dur, arrachant les mauvaises
herbes, taillant la haie, ici et là. J'eus soudain pitié de lui, à

113

le voir suer si abondamment. Aussi, je m'approchai de la clôture séparant nos deux propriétés et l'interpellai afin de l'inviter à venir se baigner. Ce à quoi il répondit avec un large sourire. En m'éloignant, je songeai à la teinte écarlate de son visage quand il accepta mon invitation. Était-ce moi qui lui faisait cet effet ou la chaleur? «Peut-être un peu des deux?», pensai-je.

Il arriva à la fin de l'après-midi, traînant une serviette et portant un short ample. Il me salua poliment, indécis. Je lui fis signe d'y aller et le regardai plonger sans plus se faire prier. Il resta sous l'eau un bon moment, flottant entre deux eaux, puis sortit.

Il était vraiment adorable. Déjà très grand, il était un peu mince, mais ses muscles semblaient bien fermes et décidés à prendre plus d'ampleur. Sa peau était lisse et bronzée, d'une belle teinte dorée. Ses traits étaient fins sans être efféminés. Il serait sans doute remarquablement séduisant, devenu un homme. Au fait, quel âge pouvait-il bien avoir?

Je tentai de deviner, mais choisis plutôt de lui poser carrément la question. «Euh! dix-neuf ans», me répondit-il, rougissant de nouveau.

— Quel âge parfait! s'exclama Liza. On croirait rêver!

— Et il avait vraiment de quoi faire rêver une fille! Je lui offris une bière qu'il accepta avec joie. À mon retour, il était assis tout au bout de sa chaise, sa serviette chiffonnée posée sur son ventre. Je lui passai une bouteille et pris une longue gorgée de la mienne avant de sauter à mon tour dans l'eau délicieuse. Une fois rafraîchie, je m'empressai de partir le rejoindre et de m'installer confortablement près de lui, poussant un petit sourire de contentement avant de poursuivre la conversation:

«Tu es toujours aux études?»

Pierre mit un certain temps à répondre. Comme il portait des verres fumés, je ne pouvais bien distinguer son regard,

mais je devinais qu'il était lourdement posé sur la partie supérieure de mon maillot de bain. Semblant sortir de son
nuage, il chiffonna davantage la serviette recouvrant son
ventre et bredouilla:

«Euh! non. Bof! j'y retournerai peut-être un jour mais,
pour le moment, j'ai plutôt envie de travailler. Ma mère n'est
pas d'accord, d'ailleurs...

— As-tu une petite amie?

— J'en avais une, jusqu'à hier soir. Il s'est passé quelque
chose et... elle n'a pas apprécié.»

Je décidai de ne pas insister. Il ne se confierait sûrement
pas à moi, me connaissant à peine. Mais je brûlais de curiosité.

«Tu en trouveras bien une autre. Un beau garçon comme
toi...»

Pierre rougit sous son bronzage, mais parvint tout de
même à sourire.

«Oui, sûrement. Et je m'habituerai bien à ce que ça finisse toujours de la même façon. Je dois être trop impatient,
si vous voyez ce que je veux dire...

— Je ne veux pas te décourager, mais ça ne s'améliore
pas nécessairement avec l'âge...

— Et vous, vous êtes mariée?

— Non, et tutoie-moi s'il te plaît. Je ne suis pas tellement
plus âgée que toi, tu sais... Non, je ne suis pas mariée, et je
ne crois pas être près de l'être. Ces temps-ci, c'est plutôt tranquille de ce côté-là.

— Ouais... je comprends.»

Après plusieurs minutes de silence et quelques gorgées
de bière, Pierre prit congé en me remerciant pour tout. Je le
regardai partir sur un «N'importe quand, ne te gêne pas!»
amical. Je ne pouvais m'empêcher d'admirer son corps ju-
vénile, ces longs membres qui prendraient sans doute plus
d'ampleur avec les années. Je fis un effort pour me souvenir

de mes petits copains, lorsque j'avais son âge, et eus peine à réprimer un frisson. Ah! si j'avais pu, à ce moment, réaliser ma chance! Rien n'était bien compliqué, alors. Et c'était l'époque des grandes découvertes, des révélations exaltantes, autant physiques qu'émotives. Les premiers attouchements derrière un buisson. La première fois qu'on réalise, en tant que femme, le pouvoir presque illimité qu'on détient sur les hommes. Les dangers, les interdits, les potins des compagnons de classe... comme c'était le bon temps!

Pierre devait être à cette période où il tentait d'affirmer une sexualité exigeante et impétueuse. Mais il ne semblait pas obtenir autant de succès qu'il le souhaitait. Peut-être pourrais-je lui venir en aide en lui prodiguant quelques sages conseils? À son âge, il était temps! Il était déjà en train de manquer le meilleur!

— À qui le dis-tu! Surtout quand on connaît la durée moyenne de la vie sexuelle d'un homme, il ne faut rien en gaspiller!

— Donc, le vendredi suivant était plus frais que les journées précédentes. J'en profitai, vers la fin de la soirée, pour aller marcher dans le voisinage. J'appréciais le calme des petites rues bien entretenues, la sérénité apparente des lieux. Je respirais le doux parfum des multiples fleurs et bosquets au son des criquets et de la cigale. En tournant le coin d'une rue, j'aperçus une camionnette garée, que je reconnus à l'équipement de jardinage. Elle était occupée par un garçon, que je devinai être Pierre, et une jeune fille. Je me réfugiai dans l'ombre d'un arbre et attendis.

Je pouvais voir la silhouette, découpée dans l'éclairage des réverbères, du jeune couple, s'embrassant avec ce qui me sembla un abandon charmant. Pierre entourait les épaules de la demoiselle qui paraissait — du moins à cette distance — assez consentante. Elle retira sa veste et je souris, me disant que les choses se présentaient bien pour mon jeune ami. Je les observai en silence quelques minutes, jusqu'à ce que la fille se dégage soudainement, remette sa veste à toute allure, ouvre la portière et lui lance:

«C'est notre première soirée ensemble et tu veux déjà me déshabiller! Qu'est-ce que ce serait dans une semaine! Eh bien! tu ne le sauras jamais!»

Sur ce, elle s'enfuit d'un pas rapide, affichant un air plus fâché que blessé. Je la regardai s'éloigner un moment et sortis de ma cachette, reprenant ma balade nocturne, afin que Pierre ne se doute pas que j'avais assisté à sa déconfiture. Devant la camionnette qui n'avait toujours pas démarré, je fis mine d'hésiter avant de m'approcher et de la contourner. Puis, je me rendis près de la portière du chauffeur.

Pierre fumait une cigarette derrière le volant, immobile, et semblait ne rien comprendre à ce qui venait de se produire. Peut-être était-il complètement découragé? En me voyant surgir, il me fit un petit salut de la main. J'entamai la conversation:

«En voilà une qui n'avait pas l'air de bonne humeur...

— Oh! une de plus...

— Tu ne sembles pas dans ton assiette. Tu veux en parler? On pourrait aller prendre une bière au café du coin...

— Une bière me ferait sûrement beaucoup de bien! Monte!»

Je pris place dans sa vieille camionnette et le laissai me conduire au petit bar, deux rues plus loin. Arrivés là-bas, nous avons commandé un pichet qu'il s'empressa de payer avant que je puisse protester. Je tentai de le faire parler. Il m'expliqua que c'était toujours la même chose. Qu'à chaque fois qu'il rencontrait une fille qu'il aimait bien et qu'elle acceptait de sortir avec lui, il gâchait tout.

«Je veux toujours aller trop loin, trop vite! Je ne fais pas exprès, c'est seulement que...»

Je tâchai de lui faire comprendre que c'était dans la

nature des garçons de son âge. Qu'il devrait peut-être essayer avec des filles un peu plus âgées. Il explosa:

«Mais je suis trop jeune pour les filles qu'il me faudrait! Mais qu'est-ce qu'elles veulent, à la fin? Elles te laissent croire que tu leur plais, mais quand tu fais un geste, vlan! La porte se referme!»

Je tentai de lui faire admettre qu'il avait tout de même une certaine expérience de ce genre de revers... et figure-toi que c'est ainsi que j'ai appris qu'il n'avait jamais...

— Jamais quoi?

— Jamais fait l'amour à une femme.

— Tu blagues... à dix-neuf ans! Un miracle! Trop beau pour être vrai. Dis-moi, comment as-tu fait pour ne pas lui sauter dessus?

— Très drôle! J'étais surprise, oui, mais ne laissai rien paraître. Il m'expliqua que jusqu'à tout récemment, il était trop timide pour sortir avec des filles et que maintenant, il voulait reprendre le temps perdu. Il réalisait bien, aussi, que c'est la première expérience qui est à la fois la plus merveilleuse, la plus délicate et la plus importante...

Je préférai changer de sujet, de crainte, comme tu le dis si bien, de vouloir lui sauter dessus. En vérité, plus j'y pensais, plus son aveu me faisait de l'effet. Il n'avait jamais fait l'amour avec une femme! Et moi qui croyais les jeunes d'aujourd'hui plus précoces... Il devait bien y avoir des exceptions en toutes choses. Mais je me sentais l'âme un peu trop généreuse pour ne pas relever un tel aveu. Et si je lui offrais de l'initier aux joies de la sexualité? Après tout, j'étais libre, et ça pourrait être amusant. Sans compter les avantages qu'on en retirerait tous les deux! L'idée était trop intéressante pour que je ne lui accorde pas davantage de réflexion. Mais seule, chez moi, à tête reposée.

— Mais tu as fini par succomber, n'est-ce pas?

— Comme tu es impatiente! Nous avons donc continué

à bavarder de tout et de rien jusqu'à ce que, quelques heures plus tard, Pierre me raccompagne à la maison. En le quittant, j'étais presque décidée sur l'œuvre que je désirais accomplir. Mais, préférant ne pas trop dévoiler mes intentions, je ne fis que déposer un baiser chaste sur sa joue avant de descendre. Puis, juste avant qu'il ne redémarre, il me confirma qu'il serait chez moi le lendemain, tel que prévu.

Cette nuit-là, je mis la ceinture de Dave de côté et me concentrai sur la tâche à accomplir. Quelle serait la meilleure façon de procéder? Je ne doutais pas le moins du monde que je lui plaisais. En fait, je n'ai jamais vraiment sous-estimé mes charmes et je n'allais pas commencer maintenant. La nature m'a choyée et je me suis toujours appliquée, du mieux possible, à maintenir ces avantages. De plus, à en croire mon premier instinct au sujet de la serviette chiffonnée de l'autre jour, — et je me trompais rarement à ce sujet — je l'attirais visiblement. Quel jeune homme resterait insensible à la séduction et à la volupté d'une femme comme moi, trentaine ou pas?

— Peu ont réussi jusqu'à présent, j'en sais quelque chose! s'exclama ma copine.

— Exactement. Et je n'avais nullement l'intention de voir la tendance changer. J'avais plusieurs choix. Je pourrais toujours, comme dans tous les clichés et les mauvais films pornos, l'attirer à l'intérieur sous un prétexte quelconque, avant de lui dévoiler mes appâts dans toute leur aveuglante splendeur. Ou alors, je pourrais être plus subtile et lui laisser doucement sous-entendre mes intentions. Mais cela prendrait plus de temps et il serait dommage de lui faire perdre une seconde de plus. J'optai donc pour la première approche, la plus directe. Aussi prévisible soit-elle, elle avait toujours porté fruit et serait peut-être encore plus mémorable pour un jeune homme tel que Pierre.

— Et pour toi, aussi, il faut le dire!

— D'accord, pour moi aussi. Je passai donc la matinée à fignoler mon scénario. Beaucoup de jeunes gens de mon époque glorieuse fantasmaient sur une femme plus âgée qu'eux. Si tel était le cas de Pierre, je lui en donnerais pour son argent. Je choisis mon bikini argenté, celui qui recouvrait à peine mon ample poitrine. Je pris soin de m'ébouriffer les cheveux, retenant ma longue crinière blonde avec un peigne lâche. Je me parfumai légèrement et chaussai des sandales dont les talons faisaient paraître mes jambes davantage élancées. Je me maquillai légèrement, m'efforçant de me rajeunir afin de ne pas trop l'intimider. Finalement prête, je m'installai dans ma chaise longue puis, après avoir mis des lunettes fumées, je m'absorbai dans un roman.

— Le pauvre. Tu y avais mis le paquet...

— Oui, et je pus juger très rapidement du succès de mes préparatifs. Pierre se présenta peu avant 12 h et, quand il m'aperçut, il eut peine à avaler sa salive durant quelques précieuses secondes. C'était beau à voir! Je le laissai faire son travail en faisant mine de l'ignorer, m'assurant de me lancer régulièrement dans la piscine. Ainsi pouvait-il admirer mon corps presque nu. Il était, de toute évidence, ébloui et son travail s'en ressentait. Quand il termina la pelouse, je lui demandai s'il avait mangé. Il sembla apprécier cette délicate attention et je partis lui préparer un sandwich, que je lui apportai avec une bière bien froide. Puis, il reprit son travail, aussi peu concentré qu'avant sa pause. À l'abri de mes lunettes, je pouvais très bien voir qu'il me regardait chaque fois qu'il en avait l'occasion. Mon truc semblait fonctionner à merveille.

Quand il eut terminé la taille des arbustes, je lui offris une baignade qu'il accepta avec joie. Retirant son jean sous lequel il portait un short, il s'élança dans l'eau invitante. Je le laissai s'ébrouer quelques minutes et me dirigeai vers la piscine de ma démarche la plus langoureuse. Pierre m'observait ouvertement. Le pauvre avait l'air de ne plus du tout savoir que penser. Je descendis lentement l'échelle, comme si je tentais d'habituer ma peau à la température de l'eau. Une fois immergée, je fis quelques longueurs avant d'aller le rejoindre au bord. Passant derrière lui, je laissai nonchalamment mes seins frôler son dos bronzé et ma cuisse glisser le long de ses fesses, feignant un accident. Il sursauta, comme si on l'avait piqué, mais resta au même endroit. Je l'abandonnai là, me contentant de traverser la piscine de nouveau et de retourner m'allonger. Puis, je passai à l'attaque:

«Tiens, je voulais te demander... J'ai quelques boîtes dans un placard que j'aimerais bien monter dans ma chambre, mais elles sont très lourdes. Tu pourrais m'aider?»

S'il ne saisissait pas maintenant, il était vraiment bouché. Mais, à mon grand plaisir, il affirma qu'il serait heureux de m'aider, un sourire éclairant son visage. Il regarda furtivement entre ses jambes. Semblant satisfait de l'état des choses, il sortit de la piscine, se sécha sommairement et me signifia qu'il était prêt. «Pauvre petit, tu ne sais pas ce qui t'attend!», me dis-je, souriant à mon tour.

— Je peux très bien imaginer ton visage... J'ai déjà vu ton expression dans ces cas-là. Lorsque tu t'en prends à une pauvre victime sans défense!

— Sans défense, peut-être, mais pas sans ressource! Je l'emmenai dans la pièce qui me servait de bureau et lui indiquai deux grosses boîtes sur la tablette supérieure du placard. Il en prit une et attendit mes instructions. Passant devant lui, je me rendis à l'escalier que je pris soin de gravir lentement, offrant aux jeunes yeux de Pierre la meilleure vue possible sur le mouvement de mes hanches. Arrivée à l'étage supérieur, je me dirigeai d'un pas lent vers ma chambre. Je sentais le regard de Pierre sur mon corps et en frissonnais d'anticipation. Je m'emparai d'une chaise, que je disposai devant le placard dont la porte était maintenant ouverte, grimpai dessus afin de dégager l'espace requis pour y déposer la boîte. Me retournant pour la retirer des mains du jeune homme, je m'assurai d'incliner le haut de mon corps de manière à lui en mettre plein la vue. Sa pomme d'Adam se souleva lentement, comme si elle menaçait de couper sa respiration déjà laborieuse. Me retournant une dernière fois pour me débarrasser de mon fardeau, j'arquai le dos, ressortant bien les fesses qui lui effleurèrent le menton. C'est alors que je donnai le coup de grâce en lui demandant de m'aider à descendre...

M'appuyant sur ses épaules, je me laissai glisser le long de son corps et me retrouvai dans ses bras. Ce contact tant attendu me procura une agréable bouffée de chaleur. Devant la paralysie de Pierre face à cette situation imprévue, je lui saisis doucement les mains, les baladant lentement le long de mon corps avant de les déposer sur mes seins impertinents. Il en tremblait presque, le pauvre! Je guidai ses doigts vers l'encolure de mon maillot de bain, qui n'était retenue que par une petite boucle, et leur fis accomplir les gestes nécessaires pour la défaire. Ma poitrine se dégagea soudainement, heureuse de se libérer de ces liens pourtant si frêles. Cette fois-ci, je n'eus plus à contrôler ses mains. De lui-même, il toucha délicatement la chair pâle, osant à peine l'effleurer. Il semblait attendre un geste de ma part, une preuve supplémentaire que mes avances étaient sérieuses. Je l'embrassai tendrement, chatouillant sa bouche chaude de ma langue audacieuse. Et, pour m'assurer qu'il avait bien compris, je fis baisser la minuscule culotte de mon maillot et enfouis une cuisse entre ses longues jambes.

— Tu ne lui as jamais laissé aucune chance! s'exclama Liza, feignant l'indignation.

— Aucune! Et son érection me fit grandement plaisir. La surprise ne lui avait pas fait perdre tous ses moyens. Je lui ordonnai de se déshabiller immédiatement. Il resta d'abord immobile, tandis que je me dirigeais vers l'immense lit sur lequel je m'étendis dans une pose invitante. Il se décida enfin, retirant ses vêtements avec des gestes frénétiques. Devant son urgence, je m'approchai et me fis rassurante, lui indiquant que je ne changerais pas d'idée, qu'il n'avait pas à se dépêcher à ce point. Il était debout devant moi, complètement nu, et son érection était des plus satisfaisantes. Je me forçai à mon tour de me calmer un peu, me disant qu'il aurait peine à se retenir la première fois. Mais je ne pouvais pas le laisser planté là trop longtemps non plus! Il avait l'air tellement vulnérable et indécis, ne voulant faire aucun mouvement, de crainte de voir s'évanouir de si belles promesses. Je le fis approcher du lit et, m'emparant de ses petites fesses bien rondes, embrassai sa queue doucement avant de la prendre toute entière dans ma bouche.

— Ah! des petites fesses de jeune homme... quel délice.

Ma copine avait les yeux rêveurs.

— Mais, voilà, je n'osais pas l'attaquer avec trop de vigueur, préférant étirer le plus longtemps possible un épisode qui serait, malgré toute sa bonne volonté, plutôt bref. Mais il avait bon goût et ma bouche cessa de m'obéir, effectuant passionnément les gestes auxquels elle était habituée et qu'elle appréciait tant.

Je l'enfouis plus loin, exerçant une légère succion à l'aller et au retour, comblée de la fermeté de son membre. Au bout de quelques secondes, ce qui devait arriver arriva. Il m'inonda la bouche de sa semence chaude et salée. Sa respiration haletante me fit relever la tête et je vis qu'il affichait une mine gênée. Je l'attirai vers moi sur le lit et tentai de le réconforter, lui assurant que j'étais loin d'en avoir terminé avec lui... Je l'embrassai de nouveau tendrement et le forçai à s'étendre près de moi. Puis, je le poussai gentiment de côté pour avoir les mains libres. Et là, ma chère Liza, tu vas être fière de moi...

— Qu'est-ce que tu as encore fait?

— Je lui offert le plus beau cadeau qui soit... et dont il va pouvoir profiter toute sa vie. Je le regardai tendrement et murmurai:

«Je vais te donner une petite leçon sur le plaisir de la femme. Sois attentif...»

Liza m'observa avec un profond respect. Je venais, encore une fois, de la surprendre par mon ingéniosité et mon savoir-faire.

— Je laissai courir mes mains sur mon corps satiné, taquinant bien chaque mamelon pour le faire durcir. Je lui demandai d'une petite voix, presque dans un murmure, de les caresser avec sa langue, de les sucer doucement, tout doucement. Puis, j'écartai les cuisses et dégageai mon sexe afin de l'agacer à son tour. J'interrompis les caresses de Pierre, lui enjoignant de bien examiner les mouvements de mes doigts. Il s'exécuta, bon élève, fasciné. Il ne quittait pas ma main des yeux, étudiant chaque toucher, chaque effleurement. Quand mon doigt disparut à l'intérieur, il voulut participer. Je le laissai faire, lui intimant d'être délicat pour le moment. Sa main copiait à merveille ce que la mienne lui avait enseigné. Il s'appliquait à frotter doucement la chair sensible, un air de concentration intense lui chiffonnant le visage. La sentant bien dressée, je lui indiquai la minuscule boule de chair tout au centre de mon sexe, lui expliquant que «c'était ça qui pourrait, avec les caresses adéquates, me faire crier de plaisir.» Et je le guidai avec toute la patience requise:

«Pose ta langue dessus, tout doucement. Laisse couler ta salive, c'est encore meilleur... C'est ça. Fais-en le tour délicatement, suce-moi un peu, lèche bien tout autour. C'est si bon... Maintenant, glisse un doigt en moi. Tout doux! Entre et sors lentement... plus vite. Un deuxième doigt... Ah oui! Touche-moi, maintenant. Reprends ce que tu faisais un peu plus tôt, mais plus vite. Pas plus fort, juste plus rapidement.

Comme ça, oui, c'est bon...»

Pierre était doué. Il s'activait sur moi comme un pro. Je profitai davantage de ses caresses un bon moment, tentant l'impossible afin de retarder l'orgasme. Mais il mettait tant d'application que je ne pus rien contre la jouissance, qui me secoua avec une force inouïe. Cela me sembla une éternité... Pierre me regardait d'un air inquiet. Je pris le temps de reprendre mon souffle et l'attirai de nouveau à moi, lui faisant sentir à quel point j'avais apprécié.

— Chanceuse...

— Toujours est-il que je me rendis compte que son corps avait déjà récupéré, sa queue bien dressée pressant contre mon ventre encore secoué de spasmes.

— Un autre merveilleux exemple de ce qu'un jeune corps a de plus à offrir!

— Un parmi tant d'autres! Pour le récompenser, je le fis étendre sur le dos, embrassai son doux visage et son corps si adorable. Je ne m'attardai pas trop sur son sexe brandi. Cette fois, je comptais lui offrir ce qu'il attendait depuis si longtemps...

Je m'accroupis au-dessus de lui et le fis pénétrer au creux de mon corps. Il poussa un petit cri devant l'assaut et tenta de s'activer en moi. Je le retins, me contentant de me soulever légèrement, ne laissant que le bout arrondi de son sexe en moi. Il sembla comprendre mon désir et se laissa faire. Je descendis doucement sur lui, un centimètre à la fois, comprimant les muscles de mon vagin pour l'enserrer amoureusement. J'accélérai un peu, lui donnant un avant-goût de ce qui l'attendait et il cria de nouveau, une expression de surprise au visage. Je le massai ainsi quelques instants et me relevai. Lui intimant de s'agenouiller devant moi, il n'opposa aucune résistance. Lui tournant le dos, puis m'installant sur les mains et les genoux, je lui présentai mon sexe béant, afin qu'il puisse se diriger en moi. Il reprit mes gestes, n'entrant d'abord que très lentement. Puis, n'y tenant plus, il s'enfouit vigoureusement en mon ventre. Me saisissant les hanches, il oublia toute retenue et me défonça violemment, se retirant à l'ultime instant pour éclabousser mes fesses de son jet. Pierre retomba sur les oreillers, les yeux grands ouverts comme en état de choc, un sourire étirant peu à peu ses joues presque totalement imberbes.

Après m'être blottie au creux de ses épaules, je lui demandai si ça s'était passé comme il se l'imaginait. Ébahi, il me serra dans ses bras en s'exclamant:

«Cent fois mieux!»

Sa respiration ralentit peu à peu, jusqu'à ce qu'il s'endorme tout contre moi.

* * *

Liza était verte de jalousie. Elle tenta de remettre de l'ordre dans ses idées, de se souvenir de la raison exacte pour laquelle elle était venue me voir. Mais elle préféra plutôt écouter la suite.

— Cette première fois avait été une révélation pour mon jeune ami. Cependant, il ne pouvait croire ce qui venait de lui arriver. Il semblait s'attendre à ce que je l'éconduise brutalement lorsqu'il essaierait de nouveau de s'approcher, mettant fin à un apprentissage qui ne demandait qu'à se perfectionner et à s'épanouir. Il resta à distance pendant plusieurs jours. Peut-être pensait-il que notre aventure n'était qu'un prétexte pour qu'il poursuive ses propres expériences? Ça aurait pu être le cas... Mais il détenait un je-ne-sais-quoi me donnant envie de le revoir, ne serait-ce que pour vérifier mes talents d'instructeur.

Je le rencontrai par hasard sur la rue, le quatrième jour suivant nos ébats. En m'apercevant, il rougit furieusement, incertain de l'attitude à adopter. Je lui adressai mon sourire le plus ravageur et déposai un baiser sur sa joue, avant de lui demander pourquoi il ne venait plus me voir. Il me répondit qu'il craignait de s'imposer. «Tu as sûrement d'autres amis, quelque part... Je devais n'être qu'une aventure d'un soir. Peut-être même as-tu eu pitié de moi ou quelque chose du genre?» Je lui fis comprendre, une fois pour toutes, que tout ce que je faisais, je ne le faisais que pour une seule raison: parce que j'en avais envie. J'insistai sur le fait que notre dernière rencontre avait été aussi agréable pour moi que pour lui et lui signifiai qu'il serait temps qu'il revienne me voir. Je l'invitai donc à passer chez moi un peu plus tard cette journée-là et il accepta avec joie. Il se présenta à ma porte au début de la soirée. Je fis cuire des hamburgers et nous avons bavardé. La nuit étant chaude et maintenant sombre, je lui proposai une petite baignade. Me déshabillant devant lui, je sautai dans la piscine. Pierre vint me rejoindre et je me pressai tout contre lui, enlaçant sa taille de mes jambes. Je le sentais bien dur et me laissai flotter sur le dos, le sexe bien appuyé contre le sien. Puis, je me dirigeai vers le puissant jet d'eau que j'accueillis entre mes cuisses. Pierre s'approcha et compléta le massage de sa main habile. Il n'avait rien oublié de mes enseignements!

Il passa devant moi et me pénétra avec force. Nous flottions doucement, ancrés l'un à l'autre. Je n'avais qu'à me retenir au bord de la piscine et à me laisser flotter sur lui, le poids de nos corps étant inexistant. Après quelques instants, Pierre se dégagea et m'entraîna hors de la piscine. S'étendant de côté sur l'herbe fraîche, il m'attira tout contre lui et s'inséra de nouveau en moi. Ses gestes semblaient déjà plus sûrs, plus fermes. Il me fit l'amour de lui-même, comme un grand garçon, sans que j'aie à intervenir. C'était délicieux! Il était derrière moi, me labourant le ventre, tandis que sa main s'égarait sur mon sexe moite, à la recherche de mon point le plus sensible. Je l'aidai, dans un soupir, et jouis avant lui, ce qu'il prit comme un signal pour jouir à son tour.

Il resta près de moi quelques instants, puis nous nous sommes quittés sur un baiser, promettant de nous revoir bientôt.

Pierre s'était découvert un appétit insatiable, venant maintenant chez moi à toute heure du jour ou de la nuit. Comme il me plaisait bien, je lui ouvrais toujours la porte. De plus, il semblait si avide d'approfondir ses connaissances... Il faut dire que je ne lui laissais guère le choix. Chaque fois devait être différente de la précédente. Et les leçons, autant que la pratique, portaient fruit. Pierre devenait davantage résistant, au fil des jours, réussissant de plus en plus à contrôler son orgasme afin de me satisfaire.

Je lui dévoilai d'autres façons de faire jouir une femme, lui donnant des cours complets d'anatomie et lui exposant les multiples possibilités du vibrateur commun ou de tout autre objet à portée de la main. Il me surprit même un bon soir, devançant la leçon prévue par une initiative que j'accueillis avec joie. Il était arrivé depuis un bon moment et nous avions déjà partagé une bouteille d'un excellent vin qui nous avait plongés dans une douce euphorie. Comme nous étions déjà nus, Pierre entreprit de me masser lentement le corps. Il débuta avec mes tempes, dessinant de petits cercles à la lisière de mes cheveux, puis me délia les épaules que j'avais tendues, ayant trop travaillé au jardin. Il massa ensuite mes seins avec volupté, léchant et suçant avec tant d'application que je crus qu'il en connaissait les subtilités depuis toujours. M'écartant les cuisses, il me fit jouir de sa main d'abord, puis du goulot de la bouteille qu'il y insinua plusieurs fois, guettant ma réaction et observant, d'un air toujours aussi fasciné, mon sexe l'accueillir avec plaisir.

Plus tard ce soir-là, je lui fis connaître la volupté du gant de fourrure. Je le masturbai avec une lenteur extrême, laissant à son membre le temps de se manifester au même rythme que mes caresses, s'émerveillant de la sensation sur sa peau délicate. C'était pure beauté de voir durcir son membre si lentement! Il prenait de plus en plus d'ampleur à chaque pulsation de son cœur et je me fis un plaisir de profiter de chaque instant.

Pierre passa aussi maître dans l'art de me lier pieds et poings à la tête de mon lit et me posséda comme s'il avait fait ça toute sa vie. Après plusieurs tentatives durant lesquelles je fis preuve d'une patience d'ange, il devint expert, sachant exactement avec quelle force je souhaitais être retenue, avec quelle ardeur je désirais qu'il me possède. Il me pénétrait devant, derrière, me labourant furieusement et toujours plus longuement, jusqu'à ce que je crie grâce.

De mon côté, pour le récompenser de ses nombreux efforts, je lui montrai mes diverses facettes. Des danses langoureuses sur le mobilier que j'avais jadis dédiées à mes anciens voisins, jusqu'au spectacle plus élaboré durant lequel je me masturbais devant un miroir, montrant à mon jeune amant les diverses possibilités d'une chandelle. Je lui dévoilai les secrets de la masturbation presque douloureuse — mais combien agréable — au pseudo-viol qu'il trouva sublime. La première fois que je lui permis de me «violer», il fallut m'y reprendre à quatre fois avant de le convaincre que c'était exactement ce que je désirais. Je dus le forcer à me frapper, à me gifler, à me pénétrer avec tant de force que j'eus de la difficulté à marcher durant quelques jours.

Notre aventure continua ainsi environ trois semaines. Trois semaines intensives de sexe parfois tendre, parfois violent. J'appris à le connaître un peu mieux et m'apprêtais à lui faire comprendre que notre histoire ne pouvait durer éternellement. Éventuellement, il trouverait une fille de son âge qu'il aimerait bien. Il devrait être suffisamment patient avec elle et je lui enseignai ça aussi. Je lui expliquai qu'il devait toujours respecter sa partenaire, ne jamais rien faire pour la blesser ou l'humilier, à moins qu'elle n'en fasse la demande en termes très clairs, comme j'avais dû le faire précédemment.

Il écouta religieusement tout ce que je lui disais. Je fus heureuse de constater qu'il n'était nullement amoureux de moi. Cela m'avait inquiétée, au début. Mais il m'avait rassurée en m'affirmant qu'il ne s'attendait à rien d'autre que ce que je lui offrais en ce moment, sachant que cela finirait un jour. Mais cela se termina plus rapidement, encore, que nous l'avions imaginé...

— Qu'est-ce qui a bien pu te donner envie de terminer quelque chose de si mignon? demanda Liza, perplexe

— Ce n'était pas par choix, crois-moi. D'ailleurs, la raison pour laquelle je t'ai demandé de venir te semblera bien évidente dans quelques instants. Jeudi soir dernier — je ne savais pas encore que c'était notre dernier — nous venions d'avaler la dernière portion de mousse au chocolat. Celle-ci nous avait d'ailleurs procuré un bien immense, après un après-midi entier d'acrobaties de toutes sortes. Nous étions étendus tous les deux, complètement nus, sur le plancher du salon, regardant la table à café avec un sourire presque affectueux. Ce que nous venions d'y faire resterait gravé dans ma mémoire un bon moment. J'étais d'ailleurs étonnée qu'elle ait tenu le coup! Mais, bon, ç'avait été sublime! En fait, en voyant la pièce en désordre comme si j'avais été victime d'un cambriolage, nous n'avions pu empêcher une attaque de fou rire.

C'est à ce moment-là que la sonnette de la porte d'entrée avait retenti de manière très insistante. Courant chercher une robe de chambre pour me vêtir avant d'aller ouvrir, quelle ne fut pas ma surprise d'apercevoir deux agents de police, uniforme impeccable et mine patibulaire, me présentant leurs pièces d'identité et commençant à défiler:

«Madame Dubois, vous êtes en état d'arrestation...

— Mais de quoi suis-je donc coupable?»

Je vis alors la mère de Pierre les bousculer et se présenter devant moi, indignée et presque hystérique:

«Vous n'avez pas honte? Faire ça à mon fils! Mon petit garçon! Je sais ce que vous avez fait, je sais tout! Vous n'êtes qu'une putain! Vous n'avez pas honte de vous en prendre à un petit gars de dix-sept ans pour vos cochonneries?»

C'était donc ça... Pierre m'avait menti. Et, depuis ce soir fatidique, j'attends toujours ma condamnation. Tu peux m'aider?

DE SATIN ET DE DENTELLE

Ce n'est qu'en arrivant chez lui que Mathieu trouva la culotte. Il était allé, comme à son habitude tous les samedis matins, faire sa lessive à la buanderie du coin. L'endroit était désert à cette heure matinale, il put donc en profiter pour lire le magazine qu'il venait tout juste de s'acheter.

Bref, un samedi matin paisible au son de la laveuse turbulente, puis du roulis relaxant de la sécheuse. De retour chez lui, cependant, après avoir vidé le panier de vêtements qu'il ne s'était pas donné la peine de plier sur place, il la vit. Une minuscule culotte de satin rose, bordée de dentelle délicate. Elle lui semblait de petite taille. Il n'était malheureusement pas expert en tailles de sous-vêtements féminins, mais il pouvait très bien imaginer la petitesse des fesses qui entreraient là-dedans. Et ce n'était définitivement pas le genre de vêtements qu'une mère achèterait pour sa jeune fille...

Il devrait sûrement retourner à la buanderie et laisser la culotte bien en évidence, quelque part, afin que la propriétaire puisse la récupérer. Mais c'était une si jolie culotte... elle risquait plutôt de se faire dérober par quelque bonhomme un peu trop solitaire. Après mûre réflexion, il décida de la garder, étant lui-même esseulé. En passant ses doigts sur le tissu soyeux, il ne put s'empêcher d'envisager toutes sortes d'hypothèses. Tout à coup, une très belle fille aux longs cheveux noirs cascadant sur un dos droit et mince prit forme dans sa tête. Elle enfilait la minuscule culotte le long de ses jambes effilées et soyeuses. Cette vision lui procura une bouffée de chaleur dans l'entrejambe. Mathieu décida qu'il était grand-temps que finisse cette «période de sécheresse» sévissant dans sa vie personnelle depuis trop longtemps et que la culotte lui remettait sous le nez avec une impertinence cuisante. La déposant sur un fauteuil, il se ravisa sur sa récente décision et se dit qu'il vaudrait mieux la rapporter en passant, un matin de la semaine. En attendant, il pouvait très bien la laisser traîner où bon lui semblait! Avant qu'une présence féminine indiscrète ait la glorieuse idée de surgir dans son appartement!

La semaine s'écoula, cependant, sans que Mathieu retourne la culotte à la buanderie. Il s'était vite rendu compte qu'il aimait bien l'apercevoir là, trônant sur son fauteuil préféré. Comme ça, en entrant à la maison, lui procurait-elle l'illusion que quelqu'un l'attendait. Quelqu'un qui, peut-être, venait tout juste de la retirer en espérant son arrivée. Quelle agréable fantaisie!

Le samedi suivant, il l'oublia complètement, habitué qu'il était de la voir. Elle était devenue un ornement familier de son appartement spartiate. Ce n'est qu'en déposant ses vêtements dans la laveuse qu'il s'en souvint. «Il est trop tard, maintenant. Si je vois une femme qui a l'air de chercher quelque chose, je saurai bien quoi faire...»

Il ne se pressa pas ce matin-là. Il était peu probable que la dame concernée se présente, mais il resterait quand même un certain temps, au cas où. Il n'avait rien au programme pour le moment. D'ailleurs, la plupart des gens qu'il côtoyait le trouvaient un peu bizarre de faire sa lessive si tôt le samedi matin, journée qui devrait normalement être vouée à la grasse matinée! Mathieu avait toujours été un lève tôt. Il avait, en fait, une discipline assez marginale, aux dires de ses collègues, du moins. Les bars à la musique tonitruante où chacun s'exhibait dans l'espoir de ne pas passer la nuit seul, très peu pour lui! Non pas que ses nuits étaient bien remplies, que non! Il en était même à son quatorzième mois d'abstinence. Nul besoin d'ajouter qu'il s'agissait là d'un record qu'il ne s'amusait pas à crier sur tous les toits...

Sa dernière aventure avait été désastreuse. Il avait eu la malencontreuse idée de s'intéresser d'un peu trop près à l'une de ses clientes et ça avait mal tourné. Elle avait attendu deux mois avant de lui avouer qu'elle était mariée. «Je suis encore très amoureuse de mon mari!», avait-elle ajouté. Ah bon! Il devait être trop idéaliste, car il était persuadé que ce n'était pas là le comportement d'une femme amoureuse. Enfin... c'en était terminé avec elle. Pour ce qui est des autres, il était trop timide. Il s'agissait d'ailleurs de son plus gros problème. Geneviève, son amie de toujours, s'amusait même à lui donner des «cours» de séduction.

Geneviève et lui avaient passé l'enfance et l'adolescence côte à côte. Bref, presque toute leur vie ensemble. Mathieu lui avait appris à jouer au hockey et au base-ball, alors qu'elle tentait de lui rendre la pareille en lui faisant rencontrer des femmes solitaires. Les résultats étaient tous plus désastreux les uns que les autres. Ces femmes étaient bien, pour la plupart, mais il y avait toujours quelque chose qui clochait. Il ne pouvait supporter qu'elles aient des attentes envers lui. Le simple fait d'aller dîner avec quelqu'un qui espérait une relation durable le rendait mal à l'aise au point qu'il en perdait tous ses moyens. Il se sentait coincé, se croyant obligé d'adopter une conduite particulière qui ne lui était pas naturelle. Toutes ces mises en scène étaient beaucoup trop compliquées! Il avait essayé de l'expliquer à Geneviève, mais elle avait la tête dure.

En revanche, son hockey s'améliorait à une vitesse vertigineuse. Pas mal, pour une fille! Il avait peine à la voir autrement qu'en garçon manqué, ce qu'elle était enfant et adolescente. Elle était pourtant jolie, mais ses aptitudes athlétiques lui ravissaient toute féminité. Il ne s'était, de toute façon, jamais attardé à ses charmes, se contentant de lui faire part de ses impressions sur ses divers petits amis. Il l'adorait comme une sœur. En fait, s'il pouvait simplement rencontrer une fille comme elle! Enfin, presque comme elle...

Il en était là dans ses réflexions, quand la sécheuse s'arrêta. Il se dépêcha d'empiler ses vêtements, pêle-mêle dans son panier, vérifia qu'il n'avait rien oublié et se dirigea chez lui d'un pas quelque peu alourdi par ses récentes pensées.

Dès son arrivée, il se changea en vue de la pratique de base-ball qui l'attendait. Geneviève devait venir le chercher d'un moment à l'autre.

* * *

Elle le ramena chez lui vers les 14 h. Ils étaient tous les deux affamés par l'exercice et le grand air. Il lui offrit de préparer un déjeuner vite fait et d'aller le déguster au parc.

— Tiens, je vais m'occuper de ta lessive pendant que tu prépares de quoi me nourrir.

— Non, laisse... Je ferai ça en revenant!

— Allez! j'ai déjà vu des caleçons et des bas troués, je m'en occupe.

Il ne restait que les breuvages à préparer. Il ramassait la bouteille de jus de pommes, quand il sentit une présence derrière lui. Geneviève se tenait à la porte de la cuisine, un superbe soutien-gorge de satin rose au bout du doigt, et elle le considérait d'un air moqueur:

— Tu me caches quelque chose?

— Rien du tout! Mais où as-tu trouvé ça?

— Dans ton panier, petit cachottier! Vas-y, raconte! Ce n'est pas maintenant que tu vas me priver de tes histoires. Elles sont bien trop rares!

— Mais je t'assure que... Attends, montre.

Il s'empara du soutien-gorge et l'examina sous toutes ses coutures.

— Arrête de faire l'idiot. À qui c'est?

— Un peu de patience.

Il se dirigea vers le fauteuil pour y chercher la fameuse culotte, puis se souvint qu'il l'avait déplacée quelques jours auparavant. Il revint et se rendit vite compte qu'elle était assortie au soutien-gorge.

— C'est un peu fort!

— Bon! Si tu ne veux pas me dire ce qui se passe, invente-moi au moins une histoire...

— Samedi dernier, en revenant chez moi, j'ai trouvé cette culotte dans mes affaires. J'allais la ramener à la buanderie ce matin, mais je l'ai oubliée. Et maintenant, ça!

— Ah oui! je vois, répliqua-t-elle d'un air sceptique.

— Je te jure! C'est quand même incroyable de me retrouver avec un tel ensemble. C'est un peu fort, comme hasard!

— En effet. Puisque tu relies ça au hasard...

Ils en restèrent là. Il n'allait tout de même pas faire des pieds et des mains pour la convaincre de sa bonne foi. Elle croirait bien ce qu'elle voudrait. Et il n'allait pas lui avouer non plus qu'il avait bel et bien choisi de garder la culotte chez lui. La décision finale s'était prise sans qu'il s'en aperçoive. Le tout était arrivé mercredi ou jeudi, il ne s'en souvenait plus très bien. Il regardait la télé tout bêtement, quand sa main se posa distraitement sur la culotte satinée. Il se mit à imaginer la tête qu'il ferait si la belle brune de ses rêveries, à qui elle appartenait, sonnait sans prévenir à sa porte pour la réclamer.

De fil en aiguille, l'histoire s'étoffait. L'inconnue ne se

contentait pas de reprendre son bien et de partir, que non! Sans une parole et au rythme d'une musique inaudible, elle se déshabillait devant lui avec des gestes précis et décidés, mais chargés de sensualité. Ne portant qu'un soutien-gorge, elle revêtait la jolie culotte, adressant à Mathieu un sourire enjôleur. Mais elle ne s'arrêtait pas là! Saisissant les côtés du vêtement échancré, elle le faisait remonter sur ses hanches rondes, ses doigts fuselés glissant sous le doux tissu, descendant toujours plus bas. Il était hypnotisé par les longs ongles disparaissant dans la toison noire qu'il avait aperçue plus tôt, devinant plus qu'il ne voyait les mouvements sur la chair humide. Enfin, pour lui permettre d'admirer le spectacle, la belle écartait les jambes et, repoussant la culotte, exposait son sexe luisant dont Mathieu pouvait sentir les effluves sucrées. Puis, d'un doigt habile, elle dessinait le contour de ses lèvres pleines, exerçant une pression ferme avant de glisser à l'intérieur des replis soyeux.

C'est alors que Mathieu avait détaché son pantalon, le faisant descendre autour de ses chevilles. Il s'était emparé de la culotte provocante, la laissant effleurer son ventre, puis ses cuisses, de sa douceur satinée, regardant toujours la séductrice jouir devant lui. Sans s'en rendre compte, il s'était mis à se caresser, poursuivant ses gestes jusqu'à ce que la culotte se retrouve imbibée et que lui sorte de son songe, pantelant, et plus frustré que jamais.

Il était, à partir de ce moment là, impensable qu'il s'en débarrasse. Il l'avait lavée soigneusement, presque amoureusement. Désormais, la culotte ne trônerait plus sur son fauteuil favori, mais entre ses draps. C'était son petit secret bien à lui. Et, maintenant, le soutien-gorge...

Visiblement, Geneviève était encore persuadée qu'il vivait une nouvelle aventure et que sa timidité légendaire l'empêchait d'en parler. Elle se baladait à travers l'appartement, le soutien-gorge au bout des bras, virevoltant à travers les pièces, un sourire narquois bien accroché aux lèvres.

— Alors, on va manger ou non?

* * *

Ce soir-là, Mathieu avait décidé de décliner l'invitation de Geneviève et des autres gars de l'équipe de hockey qui poursuivaient la soirée à la discothèque. Il était déjà tard et il avait bu son quota de bière pour un samedi soir. Évidemment, Geneviève avait lancé à la blague qu'il avait un rendez-vous secret, qu'il ne voulait pas partager la nouvelle ou les détails juteux avec ses amis... Le reste de la bande s'était mis à le harceler de questions jusqu'au moment où il put s'échapper, en cachant son agacement. Il retourna donc chez lui un peu éméché, passablement fâché contre Geneviève, mais pas assez fatigué pour se coucher tout de suite. Il alluma la radio et entreprit de lire quelques articles d'un magazine.

En se laissant tomber sans ménagement sur son sofa, il sentit quelque chose sous lui. Passant la main sous les fesses, il trouva le magnifique soutien-gorge. Dans l'état où il était, il n'en fallut pas davantage. Il le tint délicatement devant lui, essayant d'imaginer la taille et la forme des seins qui s'y sentiraient à leur aise. Il les voyait assez menus mais fermes, les auréoles couleur chocolat au lait étirant le fin tissu. Il partit chercher la culotte et, la plaçant sur le sofa près du soutien-gorge, tenta d'imaginer le corps de la femme à qui cet ensemble soyeux conviendrait.

Elle était mince, plutôt petite, aux courbes plus subtiles que prononcées. Si seulement il la connaissait! Oh! mais il la connaissait quand même un peu. Son image, du moins, se précisait. Elle était du genre à porter des vêtements très élégants et féminins, des talons aiguilles qui la feraient paraître plus grande. Ses longs cheveux noirs étaient généralement remontés en un vague chignon, qu'il se ferait le plus grand plaisir de défaire, afin de libérer les longues mèches.

Elle était apparue de nouveau devant lui, l'aguichant de ses doigts habiles suspendus aux boutons de sa robe. Allait-elle enfin se décider? Et tout à coup, voilà... Elle dévoilait sa gorge, puis sa poitrine enfermée dans le soutien-gorge rose dont la couleur contrastait avec sa peau foncée et mate. La robe ajustée descendait lentement, son ventre plat s'exposait enfin jusqu'à la fine dentelle délimitant la bordure de la minuscule culotte.

Elle avait, comme il se doit, enfilé de longs bas fins qu'elle ne retira pas tout de suite. Mathieu avait commencé depuis un bon moment les mouvements de va et vient sur sa verge maintenant aux aguets et admirait le spectacle qui s'offrait à lui. Ses mouvements se firent de plus en plus insistants. La jeune femme, devant lui, pinça légèrement chaque sein à travers la mince étoffe, puis les dégagea de leur étau avant de les offrir aux mains et à la bouche de Mathieu. Celui-ci palpa avec délice la chair qui était conforme à ce qu'il avait imaginé, ferme et douce. Puis il les embrassa avant de lécher et sucer avidement leur pointe dressée. Ses cheveux cascadèrent sur cette admirable poitrine, donnant à la femme une allure davantage irréelle et diaphane. Elle était avec lui sur le divan, ses longues jambes repliées de chaque côté de lui. Il voulut caresser cette taille fine, les fesses minuscules, mais elle se dégagea et se releva dans sa posture initiale. Se retournant, elle fit tomber ses cheveux magnifiques au creux de ses reins, permettant à Mathieu d'admirer l'arrière de son corps, ses jolies mains s'égarant sur ses fesses invitantes. Lui refaisant face, elle s'installa sur les mains et les genoux et s'avança lentement vers lui d'une démarche féline. Il essayait d'enregistrer chaque détail dans sa mémoire: culotte et soutien-gorge roses, bas de soie et talons aiguilles, chevelure époustouflante, sourire ravageur... jusqu'à ce qu'elle enfouisse la tête entre ses jambes, laissant ses lèvres pâles et pulpeuses prendre la relève de la main trop familière de l'homme. Elle exerça, sur la queue durcie, de petits pincements des lèvres, puis laissa sa langue s'enrouler tout autour, avant de l'aspirer tout entière dans sa bouche. Sa succion se fit de plus en plus vigoureuse et rapide. Puis, elle arrêta presque subitement, prenant le temps de le caresser tendrement de la main. Aussitôt que Mathieu eut recouvré davantage de contrôle, elle reprit sa succion implacable avec encore plus de force. Elle joua ce petit jeu plusieurs fois, amenant Mathieu tout au bord de l'extase avant de le calmer, pour mieux le torturer à nouveau. Celui-ci ne put que tenter d'endurer ce doux supplice le plus longtemps possible, jusqu'à ce qu'il soit réduit à fermer les yeux et à se laisser aller dans la bouche avenante. Refusant de reprendre ses esprits, Mathieu s'endormit sur le sofa, une petite flaque laiteuse sur le ventre.

* * *

À compter de cette soirée, de plus en plus d'événements invraisemblables se produisirent. Tout d'abord, Mathieu se mit à bander n'importe quand, à tout moment de la journée. Il ne faisait que penser à cet ensemble de satin et vlan! Instantanément, il se sentait comme un étalon prêt à sauter la première jument venue. Cette phase dura presque deux semaines. S'il ne rencontrait pas bientôt quelqu'un avec qui il pourrait enfin libérer un peu de cette tension, il éclaterait. Il se masturbait presque tous les jours... retombait-il en pleine adolescence? Pire encore, il semblait totalement incapable de se contrôler. Sous la douche, le matin. Avant de se coucher, le soir. Parfois même en plein jour, il s'éclipsait dans les toilettes pour se soulager rapidement.

Autre fait exceptionnel: un soir, en sirotant une bière en compagnie des copains, il partit, de lui-même, faire la conversation à une fille assise seule au bar. Il faut dire, pour sa défense, que Mathieu avait déjà consommé plusieurs bières de trop et que la perspective de rentrer seul chez lui le démoralisait outre mesure. Il passa donc à l'attaque et cela fonctionna! Après quelques heures de conversation plutôt agréable, elle l'invita chez lui. La jeune femme était grande et blonde, pas particulièrement jolie, mais Mathieu avait mis de côté ses exigences pour le moment. Il avait besoin d'une femme... là, tout de suite. Même si ce n'était pas la déesse à laquelle il aspirait, tant pis! Elle compenserait peut-être d'une autre manière. Elle lui servit une bière et, comme il le souhaitait, l'embrassa en laissant sa main aller droit au but. Et elle ne fut pas déçue! L'effet fut immédiat. Comme un ressort, il banda au point d'être très inconfortable. Elle l'encouragea à se déshabiller, en fit autant devant lui, et l'invita à la suivre dans sa chambre.

Mathieu ne se fit pas prier. Enfin, il connaîtrait autre chose que sa main calleuse! Elle le suça sommairement, ne semblant pas en être trop friande. Peut-être avait-elle plutôt envie d'autre chose? Elle prit place au-dessus de lui et glissa son membre en elle. Mathieu expérimenta, en cette seule nuit, plus de positions différentes qu'il ne l'avait fait jusqu'alors. Elle avait une imagination et une souplesse du tonnerre! La fille semblait aussi assoiffée que lui et ils baisèrent frénétiquement, se faisant jouir mutuellement à plusieurs reprises jusqu'à ce qu'ils s'endorment, totalement épuisés.

Quand il s'éveilla, Mathieu était désorienté et en proie à un effroyable mal de tête. Sa douleur s'accentua dangereusement quand il vit la fille endormie près de lui. Son premier instinct le fit se lever et s'habiller à toute vitesse. Que s'était-il passé? Était-il à ce point en manque qu'il avait «ramassé» cette fille et s'était retrouvé chez elle? Quelques scènes de la nuit passée lui revinrent en mémoire. Elle n'était pas si mal, après tout. Mais, quand même! Passait-elle ses fins de semaine avec des gars différents à chaque nuit? Mathieu en eut un frisson.

Il était prêt à partir. Qu'était-il censé faire? Laisser son numéro de téléphone quelque part? Mais il n'était pas du tout certain d'avoir envie de la revoir. Il ne pouvait tout de même pas partir ainsi, comme un voleur, après la nuit qu'ils venaient de passer... Il vit tout à coup, sur une petite table, ce qui semblait être un compte de la compagnie de téléphone. Un nom, une adresse, un numéro. Il supposa que c'étaient les siens. Il griffonna les informations sur une feuille d'un petit bloc-notes et l'enfouit dans sa poche. Puis, il laissa un bref mot: «Désolé, je devais partir tôt. Merci pour la belle soirée, je t'appellerai!»

«Salaud, se dit-il, tu pourrais au moins la réveiller!» Mais il pouvait aussi ne pas l'éveiller et c'est ce qu'il choisit de faire. C'était samedi, il avait beaucoup de pain sur la planche et, bien honnêtement, ne se sentait pas la force de mentir à haute voix. Il quitta donc l'appartement comme un lâche, se convainquant, toutefois, qu'elle devait probablement s'attendre à un tel comportement de sa part.

Mathieu avait pris un peu de retard sur son horaire de lessive habituel, mais il passa quand même chez lui, prit une douche rapide, ramassa ses vêtements et se rendit à la buanderie.

* * *

Il se dirigea automatiquement vers «ses» laveuses habituelles. Comme il était quand même tôt pour le commun des mortels, la plupart des appareils étaient inoccupés et l'endroit n'était pas encore très achalandé. Il allait déposer ses effets personnels à l'intérieur de l'une des laveuses, quand il remarqua quelque chose gisant au fond. Il s'en empara et réalisa qu'il s'agissait d'un bas de soie, comme ceux que portait sa maîtresse imaginaire lors de sa dernière visite. Il le mit en boule et l'enfouit discrètement dans la poche de son jean. Quelle chance! À ce rythme-là, il posséderait bientôt une garde-robe féminine complète! Quand ses vêtements furent prêts à sécher, il inséra le bas dans la pile. Puis, une fois secs, il les ramena chez lui.

En arrivant, il fouilla dans son panier et en sortit le bas. Très doux, noir, sans maille apparente. Il le fit glisser lentement entre ses doigts et ressentit presque immédiatement une douloureuse érection resserrer son pantalon. Il plaça le nouvel item avec les deux autres et se permit de rêvasser encore une fois. Sylvie, celle avec qui il avait passé la nuit, pourrait-elle porter ces vêtements? Peut-être pourrait-il lui demander de les enfiler, pour voir. Il commençait à trouver un peu bizarre le fait de fantasmer et de se masturber en pensant à une fille qui n'existait probablement pas. Après tout, cette petite fantaisie ne faisait de mal à personne... le seul risque étant qu'elle détruise l'image qu'il se faisait de la femme irréelle qui hantait son imagination. Il était prêt à prendre cette chance.

Il passa cette soirée et les suivantes, à se demander s'il devrait téléphoner à Sylvie. Mais chaque fois qu'il allait composer son numéro, il ne pouvait s'empêcher de voir son visage et de le comparer à la femme mythique qui le hantait. Et là, il changeait invariablement d'idée. Ce n'est que le samedi suivant, en trouvant dans la sécheuse le bas de soie complétant la paire, qu'il se mit à se demander si ces effets étaient vraiment déposés là par hasard.

Mais qui donc pouvait s'amuser à ce petit jeu avec lui? Il chassa immédiatement cette pensée idiote de sa tête. Ce n'était pas le genre de choses qui lui arrivaient, à lui. Et ce ne pouvait être quelqu'un qu'il connaissait non plus. La seule fille avec qui il était «proche», c'était Geneviève. Et ce n'était pas vraiment une fille... du moins, pas dans le sens d'une aventure potentielle. Le jour où Geneviève porterait de tels vêtements, il pleuvrait sans doute des grenouilles! Peut-être était-ce une blague qu'elle lui faisait? Elle n'irait pas si loin, tout de même! Il essaierait de lui en parler subtilement, juste pour voir.

Mathieu eut une soudaine inspiration. S'il arrivait plus tôt que d'habitude? Peut-être rencontrerait-il la femme distraite et mystérieuse qui perdait chaque semaine un nouvel élément de sa garde robe? Il mettrait son plan à exécution dès la semaine prochaine.

* * *

Le samedi suivant, comme prévu, Mathieu se rendit à la buanderie une heure plus tôt qu'à son habitude. Il avait même dû régler son réveil. Il était matinal, mais pas à ce point! Le mystère était trop grand, il voulait en avoir le cœur net. Il se rendit vite à l'évidence: il n'y avait là qu'un gros barbu avec son jeune fils et une dame d'un certain âge. «Si c'est cette dame-là, se dit-il, je suis foutu! J'aime autant ne pas y penser!» Le gros barbu, quant à lui, lessivait des vêtements nettement trop masculins pour qu'il ait quoi que ce soit à voir dans toute cette histoire. Il fit tout de même le tour des laveuses et sécheuses, tentant de découvrir quelque indice. Rien pour le moment. Il entreprit donc sa corvée hebdomadaire, se promettant de bien observer les faits et gestes des clients qui se présenteraient dans les minutes suivantes, en songeant au petit drame survenu récemment: Il avait appelé Sylvie, quelques jours plus tôt, et elle s'était montrée ravie de l'entendre. Ils s'étaient donnés rendez-vous chez elle. Sous le coup d'une soudaine impulsion, il avait apporté les vêtements, ignorant encore comment il s'y prendrait pour lui demander de les revêtir. Il avait longtemps débattu cette

147

possibilité. Il trouvait la demande délicate, ceci n'étant que leur deuxième rencontre. Mais la tentation était trop grande et il devait essayer.

Comme il l'avait espéré, elle l'accueillit à bras ouverts. Elle était impatiente et l'entraîna directement dans la chambre. En voyant son air vaguement indécis, elle crut qu'il n'avait pas envie d'elle. Il tourna autour du pot un moment, ne sachant comment formuler sa requête. Finalement, il sortit les vêtements d'un sac qu'il avait apporté et les lui montra. Elle les regarda attentivement, puis ses yeux se rétrécirent et elle se dégagea, la colère déformant son visage:

— Qu'est-ce que c'est que ça? Les vêtements de ton «ex»? T'es malade ou quoi? Je pensais qu'on s'entendait bien, tous les deux! Allez, sors, va-t-en!

— Mais calme-toi! Ce ne sont pas du tout les vêtements de mon «ex»! Je t'expliquerai plus tard... Mais si tu ne veux pas les porter, ce n'est pas grave. Oublie ça!

Mathieu se fit plus cajoleur. Il lui assura que ces vêtements n'appartenaient à aucune autre femme, se contentant d'affirmer qu'il ne désirait la voir les porter qu'en raison de leur délicatesse. Elle s'amadoua et prit les dessous afin de les observer avec soin. Elle sembla en apprécier la qualité et la douceur. Après quelques instants d'hésitation, elle partit dans la salle de bains et réapparut quelques minutes plus tard. Mathieu tenta de ne rien laisser transparaître de sa déception. Mais ça n'allait pas du tout! Le soutien-gorge était trop serré et faisait rebondir ses seins de façon disgracieuse. La culotte, aussi, était trop étroite, laissant déborder ses hanches généreuses. Le contraire de ce que Mathieu attendait... Il était déçu. Tout à coup, il n'eut qu'une idée en tête: partir. Mais pas avant d'avoir récupéré ses vêtements...

— Merci, Sylvie. Enfin, je voulais juste savoir s'ils t'iraient...

— Tu voulais me les offrir? Comme c'est gentil! Viens

ici, que je te remercie correctement...

Il s'approcha, mais la vue de la fille défigurant les vêtements qui lui avaient procuré tant de plaisir le perturba. Il tenta de lui redemander le plus gentiment possible de les retirer, mais son air renfrogné gâcha l'effet. Voyant qu'il ne souriait plus, Sylvie retourna à la salle de bains pour se changer. Elle revint, vêtue d'une robe de chambre, lui tendit les vêtements et lui fit signe de venir la rejoindre au lit. «Mais qu'est-ce que je fais ici, moi? Cette fille ne me plaît même pas!» Tout à coup, ce fut comme une révélation. Dépité devant ce qu'il s'apprêtait à faire, mais résigné devant son manque de désir, il lui dit:

— Écoute, Sylvie, il faut que j'y aille. On... on se reprendra peut-être une autre fois, d'accord?

— Comment ça, il faut que tu y ailles? J'avais raison! T'es rien qu'un malade! Allez, dehors, et ne te donne pas la peine de m'appeler!

— Oui, bon, salut...

C'est ainsi qu'ils s'étaient quittés. Mathieu se sentait misérable... il s'était conduit comme une parfaite ordure. Qu'est-ce qui lui prenait, ces jours-ci? Et, de toute façon, comment s'était-il retrouvé au lit avec cette fille? Son «jeûne» lui avait sûrement fait perdre les pédales. Le fait de demander à Sylvie d'enfiler les sous-vêtements avait été une grave erreur. Elle avait, du coup, rompu le charme. Il se rendait compte qu'il n'y connaissait absolument rien en tailles de femmes. Ces vêtements lui allaient si mal! L'inconnue devait être encore plus mince que Sylvie, qui lui avait pourtant semblé assez svelte. Depuis, à son grand étonnement, il examinait attentivement chaque fille qu'il croisait sur la rue, essayant de deviner si, par un heureux hasard, elle pourrait porter les jolis dessous.

Mais le temps passait, sa lessive était terminée et aucune personne suspecte ne s'était encore présentée à la buanderie.

Il prit soin de plier ses vêtements avant de partir. Ne trouvant aucune pièce de vêtement qui ne lui appartenait pas, il ressentit une certaine déception et se résigna à laisser passer une semaine de plus avant de trouver un indice supplémentaire.

Il passa la semaine à se traiter d'idiot et d'obsédé. Mais il n'arrivait pas à se débarrasser de son obsession. Il prit conscience avec effroi qu'il sombrait dans le désespoir, quand il se surprit à examiner Geneviève de cette façon. Ils étaient tous au bar du coin et Geneviève était apparue un peu plus tôt, la mine sombre. Elle se tenait maintenant debout, en discussion animée avec Pierre. Mathieu ne prêtait pas l'oreille à leurs propos. Il venait de réaliser à quel point Geneviève était petite. Probablement assez petite pour... Il rit intérieurement, à la seule pensée de la voir habillée ainsi. Elle, de son côté, semblait de bien mauvaise humeur. Il put percevoir une bribe de conversation:

— Vous êtes tellement aveugles, vous les hommes! Il faudrait qu'on se jette carrément à vos pieds en criant à tue-tête pour que vous nous remarquiez enfin! C'en est décourageant... Et, même là, vous vous demanderiez sûrement qu'est-ce qu'on a à hurler comme ça!

Mathieu ne put s'empêcher de sourire. Si une femme voulait se faire remarquer par lui, elle n'aurait pas grand-chose à faire! Pauvre Geneviève... encore des ennuis avec les hommes. Elle ne choisissait jamais les bons! Ils burent quelques bières sans que Geneviève reparle de son évidente déception. Le lendemain étant vendredi, de surcroît un jour férié, ils convinrent de se retrouver au parc dans l'avant-midi pour une petite partie de balle.

La partie se déroula comme d'habitude, dans un mélange indescriptible de sérieux et de fou rire. Mathieu songea, avec un frisson bizarre, que c'était Geneviève qui rendait ces parties si drôles. Sa mauvaise humeur de la veille semblant s'être dissipée, Mathieu l'invita à venir chez lui pour le lunch. Elle accepta, à la condition qu'elle puisse prendre sa douche dans son antre de célibataire, ajoutant malicieusement que cette douche-là n'ayant pas vu un corps de femme depuis si longtemps, elle en serait probablement choquée!

Ils mangèrent rapidement et Geneviève tenta de savoir si Mathieu avait «trouvé» d'autres indices sur la mystérieuse inconnue. Il lui cacha les bas et le fait qu'il avait toujours les adorables dessous en sa possession. Que penserait-elle? Elle ne le croyait pas, de toute évidence, et se ferait un malin plaisir de se moquer ouvertement. Elle n'avait pas parlé de Sylvie, sentant probablement qu'il s'agissait d'un sujet délicat. Elle aida Mathieu à ranger la vaisselle et partit prendre sa douche. Elle n'y était que depuis quelques instants, lorsque Mathieu décida d'aller acheter quelques bières. Il ouvrit la porte de la salle de bains et demanda à Geneviève si elle désirait quelque chose. Elle lui cria qu'une bière serait bien bonne. Il voulut refermer la porte, mais elle semblait bloquée... Il se pencha pour déplacer l'obstacle, quand il vit un très joli soutien-gorge noir de satin et de dentelle... Il n'aurait jamais cru qu'elle portait ce genre de choses... Sa vue lui procura un début d'érection et il s'empressa de le déplacer du bout du pied, confus, et referma la porte.

D'étranges pensées l'assaillirent tout le long de sa course. Geneviève avait-elle toujours porté de tels sous-vêtements? Pour jouer à la balle! La connaissait-il si mal? Tout à coup mal à l'aise, il se dépêcha d'acheter la bière et de retourner chez lui. Il espérait qu'elle en aurait terminé avec sa douche et serait déjà rhabillée. Il n'aimait pas du tout l'effet de ce soutien-gorge sur lui. Il venait de se rendre compte que Geneviève était une femme. Bien sûr, il l'avait toujours su, mais il ne l'avait jamais vraiment perçue comme telle. Elle n'avait toujours été, somme toute, qu'un autre membre du groupe. Et voilà qu'elle venait de lui montrer, sans même le savoir, qu'elle n'était pas plus un homme que lui n'était une femme... Quel choc!

Quand il arriva chez lui, Geneviève était sortie de la douche et se séchait les cheveux. Son embarras était tel qu'il trouva une excuse, lui disant qu'il devait partir sur-le-champ faire quelques courses. Elle ne sembla pas ennuyée et le quitta sans poser de questions.

* * *

Mathieu avait décidé de ne plus tenter de découvrir la mystérieuse inconnue. Tout compte fait, il lui était inutile de la connaître. Il ne s'agissait, sans aucun doute, que d'un hasard dont il avait été l'heureux élu. Et si c'était plus qu'une coïncidence, la femme en question devrait se débrouiller pour être plus directe. Lui ne jouerait plus. Il se rendit donc, comme tous les samedis matins, à la même heure à la buanderie. Il ne fouilla toutefois pas dans les appareils pour voir si quelqu'un avait laissé un quelconque sous-vêtement. Il était encore trop préoccupé par l'incident de la veille et inquiet de ne plus pouvoir considérer Geneviève, son amie de toujours, de la même manière.

Il était, en fait, tellement distrait, qu'il ne vit ni le nouveau soutien-gorge, ni la nouvelle culotte, avant d'arriver chez lui. Quel choc! Il aurait pu jurer qu'il s'agissait du même soutien-gorge qui avait bloqué la porte de la salle de bains, hier. Un joli soutien-gorge noir, de satin et de dentelle, avec la culotte assortie.

Il sentit ses jambes faiblir. Il courut dans sa chambre, compara les deux ensembles et réalisa qu'ils étaient de la même taille. De la même taille que ceux que Geneviève devait porter. Cette révélation lui donna une bouffée de chaleur. Et, sans qu'il puisse y faire quoi que ce soit, l'image de la belle étrangère s'imposa de nouveau à son esprit, mais revêtant, cette fois-ci, les traits de Geneviève. Honteux de ce fantasme, Mathieu nageait en pleine confusion. Il ne pouvait

quand même pas se mettre à désirer Geneviève! Pas elle!
Mais la simple pensée de cette amie de toujours portant des
vêtements si séduisants le fit bander dur comme fer.

Il se força à orienter ses pensées vers quelque chose de
moins excitant. Qu'allait-il faire? Allait-il perdre une bonne
amie, du jour au lendemain, simplement parce que son stupide cerveau lui imposait ces images perturbantes? Mathieu
dut se rendre à l'évidence: aussi perturbantes puissent-elles
être, elles n'en agissaient pas moins sur son entrejambe.

Paniqué, et par respect pour son amie, il décida de tout
lui dire, en insistant sur le fait que cette histoire le rendait
complètement fou. Il s'empara du téléphone et composa le
numéro machinalement.

— Geneviève! Il faut qu'on se voit, tout de suite!

— Mais qu'est-ce qui se passe? Tu as l'air tout à l'envers!

— Tu peux venir ou je vais chez toi?

— Je t'attends.

Mathieu parcourut les quelques rues le séparant de chez
Geneviève dans un état second. Il avançait d'un pas ferme,
mais ignorait totalement comment il s'y prendrait pour lui
expliquer son trouble. Que ferait-il en arrivant chez elle? Il
ne réussirait sûrement qu'à se rendre complètement ridicule,
mais il ne pouvait plus reculer.

Pourquoi n'avait-il pas attendu qu'elle soit sortie de la
douche, hier, d'ailleurs? Se doutait-il inconsciemment de ce
qui l'attendait? N'avait-il pas toujours su qu'elle était belle
et disponible? Était-ce son appétit sexuel anormal des derniers temps qui avait provoqué une telle réaction devant un
incident, somme toute, anodin? Ou alors, avait-elle tout pla-
nifié...?

C'est plongé dans ces pensées qu'il sonna chez elle.
Après l'avoir fait entrer, elle lui demanda la cause de son embarras.

— Geneviève, je ne sais pas comment t'expliquer, mais il m'arrive quelque chose de vraiment gênant. Ça a commencé il y a quelques semaines. Lorsque j'ai trouvé la culotte dans la lessive...

— Oui, et ensuite le soutien-gorge...

— Tu ne me crois toujours pas?

— Ben... oui, si tu veux. Tu as l'air sérieusement bouleversé...

— Eh bien! hier, quand tu étais chez moi et que je t'ai demandé si tu voulais quelque chose... j'ai vu ton soutien-gorge par terre et...

— Et alors?

— Je n'avais jamais réalisé que tu pouvais porter de tels vêtements. Depuis, je n'arrête pas de penser à... à...

— À quoi, Mathieu? Est-ce que tu penserais à moi d'une façon différente?

— Oui, exactement. Et ça m'embête... Je t'aime comme une sœur mais là, j'ai toutes sortes d'idées absurdes qui me passent par la tête! Je ne sais plus que faire! Tu vas me détester et je te comprendrai!

— Te détester? Mathieu, je ne pourrai jamais te détester!

Sur ce, elle ouvrit son peignoir, dévoilant sa gorge, puis sa poitrine menue enfermée dans un magnifique soutien-gorge rose dont la couleur contrastait avec sa peau foncée et mate. Elle fit descendre lentement le peignoir le long de son corps. Son ventre plat s'exposait enfin, jusqu'à la fine dentelle qui délimitait la bordure de la minuscule culotte...

La scène était tellement proche de son fantasme que Mathieu oublia toute retenue et se précipita sur elle. Elle sentait bon, elle était si belle! Il était ébahi et osait à peine toucher sa peau si douce. Geneviève le prit dans ses bras et l'emmena à sa chambre. Regardant au plus profond de ses yeux, elle entreprit de le dévêtir sans se presser, défaisant patiemment chaque bouton de la chemise, dégrafant le pantalon dans une attitude presque solennelle. S'agenouillant devant lui, elle lui couvrit le ventre de doux baisers, laissant sa langue s'égarer sur son sexe gonflé. Enfermé dans sa bouche chaude, Mathieu laissa échapper un profond soupir, lui permettant de continuer son ardente caresse quelques instants avant de l'attirer à lui. Il la serra tout contre sa poitrine, emmêlant ses cheveux soyeux, et l'embrassa enfin, y laissant transparaître tous les sentiments qu'il ressentait et qui bouillonnaient en lui au point de l'étourdir. Sa dernière pensée lucide fut que c'était elle, qu'elle avait tout manigancé pour l'attirer à elle. Et elle avait réussi...

Les deux amants se sentaient tellement proches l'un de l'autre qu'ils avaient l'impression d'avoir fait l'amour ensemble toute leur vie sans pour autant avoir perdu la moindre parcelle de passion. Leurs gestes étaient tendres et empreints d'amour autant que d'affection. En une danse douce et lascive, ils s'étendirent l'un contre l'autre, se couvrant de baisers et se prodiguant des caresses de plus en plus urgentes. Mathieu revivait avec intensité chaque instant de ses récentes fantaisies mais, cette fois-ci, avec une femme bien réelle! Il pouvait enfin la toucher, s'attendrir sur la texture de sa peau, la souplesse de ses jambes, la rondeur de ses seins. Tout naturellement, leur corps s'emmêlèrent, Mathieu tentant de retarder le moment ultime où il s'enfoncerait enfin au plus profond de sa compagne qu'il connaissait si bien sans l'avoir goûtée pleinement. Mais, au fil des baisers et du désir croissant, l'attente se résorba d'elle-même et Mathieu glissa dans l'écrin velouté. Ils accordèrent leur rythme pour se laisser bercer par le balancement de leurs hanches, chacun explorant le corps de l'autre avec délice, curiosité et contentement. Ils semblaient faits l'un pour l'autre, le sexe bouillant de Geneviève enserrant parfaitement le membre impétueux de Mathieu qui s'activait maintenant sans retenue. Il s'interrompit, le temps de s'agenouiller derrière elle et de la relever près de lui avant de regagner la chaleur de son corps offert. Ses mains ne pouvaient s'abstenir de parcourir son corps, s'attardant sur sa gorge déployée, mordant son cou gracieux. Il laissa sa main trouver les lèvres frémissantes de Geneviève, les écarter et les masser, se repaissant des soupirs éloquents de la jeune femme. Son plaisir s'intensifiant à chaque souffle, Mathieu jouit enfin en elle dans un flot libérateur et il put ressentir, durant de longues minutes, les derniers soubresauts du corps de sa compagne. Ils s'endormirent heureux, toute inquiétude au sujet de la transformation de leur relation envolée.

Le samedi suivant, c'est le cœur léger que Mathieu partit faire sa lessive à l'heure habituelle. Geneviève et lui ne s'étaient pratiquement pas quittés depuis le soir où ils s'étaient enfin unis. Il réalisait maintenant à quel point il l'avait toujours désirée. Elle le comblait à tous les niveaux et chaque moment passé loin d'elle lui était douloureux. Il consacra le temps passé à la buanderie à se remémorer les derniers jours, un sourire béat aux lèvres. Le cycle de séchage terminé, Mathieu empila ses vêtements et ne put réprimer un sourire, taquin cette fois, en voyant une jolie culotte s'échapper de l'appareil. Il se rendit compte, à cet instant, que ni lui ni Geneviève n'avait reparlé de la technique qu'elle avait utilisée avec tant d'adresse pour le séduire... et fut surpris de constater qu'elle ne l'avait pas encore abandonnée, ainsi qu'en témoignait ce dernier vêtement. Elle l'avait bien eu! Si ce n'avait été d'elle et de son adorable petit jeu, peut-être ne vivraient-ils pas d'aussi beaux moments, ces jours-ci! Comme il était heureux qu'elle ait fait les premiers pas!

Il ramassa la culotte et la plaça dans le panier, avec le reste de ses vêtements. Au même moment, la dame qu'il avait aperçue le jour où il était venu plus tôt, espérant surprendre la coupable, fit son entrée. Elle semblait préoccupée, faisant le tour de la pièce lentement, examinant chaque appareil.

Après quelques minutes de recherche laborieuse, elle se tourna vers Mathieu et lui demanda, avec un embarras évident:

— Pardon, jeune homme, vous n'auriez pas trouvé quelque chose dans la sécheuse? Je suis vraiment distraite. Ça fait des semaines que j'oublie des vêtements chaque fois que je viens faire ma lessive. Mon mari commence à se demander où sont tous mes plus jolis sous-vêtements...

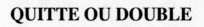

QUITTE OU DOUBLE

Je me souviendrai sans doute toute ma vie de cet automne mouvementé... À mesure que les feuilles des arbres se coloraient et que nous, pauvres humains, nous préparions à un autre hiver de misère, ma vie personnelle se détériorait. En un seul mois — un septembre pourtant très beau — mon ami me quitta, je perdis mon emploi et me fis presque évincer de mon logement parce que j'avais omis de payer mon loyer... tâche qui revenait, jusqu'alors, au dit ami.

Après une longue période d'apitoiement sur mon triste sort, je dus me rendre à l'évidence: je l'avais bien cherché! C'est quand Jérôme me quitta que débuta la chaîne des événements et, ça, par ma faute.

Les problèmes ont surgi lors d'une petite fête donnée en l'honneur de mon anniversaire, au mois de janvier précédent. J'observais tous mes amis réunis, consciente de ma chance de recevoir ce témoignage d'amitié de tous ces gens que j'aimais et respectais. Mais je réalisai soudainement qu'il manquait une toute petite chose à ma vie pour que mon bonheur soit complet. Et cette petite chose se résumait en un seul mot: la «postérité». Après mon passage sur cette terre, rien ne perpétuerait mon souvenir. Du moins, rien de tangible. À partir de ce moment, je n'eus qu'une idée en tête: avoir un bébé. J'y avais, bien entendu, déjà pensé, désirant depuis aussi longtemps que je me souvienne fonder une famille. Mais je remettais ce rêve à plus tard. Toujours plus tard. Quand ma situation financière serait plus solide. Quand je partagerais ma vie avec l'homme idéal. Quand j'aurais atteint mes objectifs de carrière. Quand, quand, quand...

En analysant ma vie ce soir-là, cependant, je réalisai plusieurs choses. D'abord, je vivais avec Jérôme, que j'aimais suffisamment pour envisager d'en faire le père de mes enfants. Nous n'étions pas riches mais, après tout, n'est-ce pas de l'amour dont un enfant a le plus grand besoin? Quant à ma carrière... je devais me rendre à l'évidence: ça n'aboutissait pas selon mes désirs et je semblais m'éloigner de mes buts plutôt que de m'en rapprocher. Bref, qu'est-ce qui me retenait encore? Quand je me rendis compte, enfin, que la réponse à toutes ces questions se résumait à «rien du tout», l'idée de concevoir un enfant devint une obsession dévorante, et ce, malgré le manque d'enthousiasme de mon compagnon devant ma nouvelle résolution. Je ne considérai aucunement cette attitude comme étant un obstacle majeur. Têtue, j'avais la certitude que, une fois confronté au fait accompli, il sauterait de joie et accueillerait ce petit bijou à bras ouverts. C'est le même type de conviction qui me faisait croire que tout ce que j'avais à faire, c'était de ranger le contraceptif que j'utilisais, pour que le miracle se produise... Pour me donner bonne conscience, je tentai durant plusieurs jours, voire des semaines, de persuader Jérôme des bienfaits de mon projet, même s'il ne s'agissait, somme toute, que d'une simple formalité. Je persévérai quelque peu avant de conclure que mon bonheur ferait inévitablement le sien. Aussi cessai-je mes tentatives de persuasion et décidai-je de passer à l'action sans l'importuner davantage.

Je ne parlai plus de bébés, ne poussai plus de soupirs à fendre l'âme à la simple vue d'un poupon à la télé ou sur la rue. Bref, je fis mine de ne plus y penser. Ce que Jérôme ignorait, toutefois, c'est que j'avais jeté mon diaphragme aux ordures, ne conservant que l'étui, que je laissais traîner bien en évidence chaque fois que nous faisions l'amour. Je pourrais toujours feindre l'incompréhension et invoquer «l'accident», le flatter en affirmant qu'il devait avoir un sperme du tonnerre pour arriver à passer outre l'épaisse barrière de latex...

Pour être tout à fait certaine de mon succès, j'avais pris soin de bien m'informer sur le processus afin de pouvoir déterminer les périodes d'essais inutiles et celles, au contraire, les plus susceptibles de faire réussir mon plan. Peut-être Jérôme me trouvait-il particulièrement entreprenante, les jours où je l'attendais à son retour du travail, vêtue de mes plus légers dessous, bien installée au lit dans une pose aguichante? Il ne sembla jamais se poser de questions, préférant sans doute croire en un simple désir engendré par ses incomparables prouesses sexuelles. Je le laissais, bien entendu, croire ce qu'il voulait, tout en tâchant de n'être pas trop transparente. Les hommes sont parfois moins idiots qu'ils ne le laissent paraître!

Mais voilà... huit mois plus tard, il ne s'était toujours rien passé. Je commençais à me décourager, un horrible doute m'assaillant tout à coup. Ce n'était pas si facile que ça? Et si quelque chose clochait dans mon corps? Je chassai aussitôt ces pensées déplaisantes et tentai de me ressaisir. Prenant l'initiative une fois de plus, je profitai du fait que nous avions tous les deux une semaine de vacances pour nous organiser un séjour, aux dates opportunes, dans une charmante auberge où nous pourrions «donner libre cours à notre passion». Jérôme me fit remarquer que, depuis quelque temps, notre passion ne paraissait souffrir d'aucun essoufflement. Ce à quoi je répondis: «Mais, tu m'excites tellement! Tu crois que je suis assoiffée, maintenant, imagine ce que ce serait si nous avions une semaine complète, rien que nous deux, pour nous laisser aller à toutes nos fantaisies!» Il ne put résister et nous sommes partis, le dixième jour de mon «cycle», en direction de la campagne. Je me réjouissais déjà à l'idée de concevoir mon bébé dans un cadre si enchanteur...

Durant toute la semaine, je ne lui laissai aucun répit. Il n'était plus question de laisser la moindre place au hasard ou à la chance. J'avais bien lu quelque part que pour obtenir de meilleurs résultats, il valait mieux laisser une journée complète s'écouler entre chaque relation afin de permettre à l'homme de «refaire ses forces», mais je considérai ce détail comme étant pure foutaise. J'usai de mon imagination, le séduisant chaque fois de façon différente, afin d'abuser de sa substance si convoitée. Je me transformai tour à tour en courtisane, en vierge effarouchée, en pute sans scrupules, en fillette curieuse et il apprécia vivement tout ce que je lui proposais avec une vigueur croissante. Je jubilais! En sept jours, nous avons fait l'amour au moins onze fois et je me disais que si ça ne réussissait pas, ça ne serait pas faute d'avoir essayé!

Mais je n'eus ni la chance ni le temps d'élaborer cette théorie. À la fin du mois, Jérôme avait enfin compris ce qui se passait...

Quand mes règles firent leur apparition, deux semaines après notre petite escapade, je n'eus ni la force ni le désir de cacher ma déception. Je vécus les deux premiers jours dans un miasme de mauvaise humeur et de sombres pensées — chose fréquente, dans ces cas-là — et refusai obstinément de sortir du lit, préférant me prélasser dans une torpeur maussade. Le troisième jour, à bout de patience et la mauvaise humeur l'ayant contaminé, Jérôme entreprit un grand ménage pour calmer ses nerfs tendus. Il me jetait des regards désapprobateurs alors que je me contentais de fixer l'écran de la télévision en me gavant de crème glacée. Au bout d'une demi-heure, un Jérôme fulminant éteignit l'appareil d'un geste rageur et se planta devant moi, brandissant l'étui de mon diaphragme comme s'il s'agissait d'une arme mortelle. Il s'écria enfin:

— Qu'est-ce que ton étui fait dans la salle de bains, complètement vide?

— Qu'est-ce que tu racontes? Il ne peut pas être vide, voyons...

— Caroline, à quel jeu joues-tu?

Oh! oh! il avait découvert le pot aux roses... Je n'eus pas l'énergie de nier quoi que ce soit, considérant la bataille perdue d'avance. La querelle qui s'ensuivit fut terrible. Il me traita de tous les noms possibles et imaginables, m'accusant d'avoir délibérément trahi sa confiance, «bla, bla, bla». Moi, je restais là, sans chercher à me défendre. À quoi bon? Il n'était pas dupe. Finalement, il claqua la porte, me faisant comprendre sans équivoque qu'il ne pourrait jamais me pardonner, refusant d'admettre qu'il était simplement terrifié à l'idée d'être père. Il disparut dans la nuit et je ne le revis que quelques jours plus tard, lorsqu'il vint chercher ses affaires. Une journée terriblement éprouvante... Il ne me laissa aucune chance d'expliquer ma conduite, de lui faire comprendre l'importance que ce désir avait pris dans ma vie dernièrement. Ce fut donc la rupture définitive, finale, complète.

J'étais dévastée. Durant les semaines qui suivirent, je me présentai au travail de façon aléatoire, prétextant une mystérieuse maladie. De plus, mon attitude n'était pas des plus charmantes... ce qui est essentiel quand on travaille pour une agence de rencontres. Mon rendement se fit de moins en moins satisfaisant, jusqu'au jour où mon patron me surprit à être carrément impolie et déplaisante envers un client éventuel. Invoquant mon écart de conduite, il me congédia sur-le-champ. J'étais maintenant seule et sans revenu. Le temps que je me ressaisisse et que je me décide enfin à chercher un autre emploi, quelques semaines s'étaient écoulées — cette façon qu'ont les jours de s'envoler à un rythme effarant — et ma situation ne s'améliorait pas. Je ne réagis que lorsque mon propriétaire me donna un ultimatum devant mes «oublis» répétés à acquitter le loyer. Je me repris en main, finis par trouver un emploi dans une autre agence de rencontre et remis un certain ordre dans ma vie.

Tout compte fait, je me sentais très seule. Ma rupture était encore récente, mais je devais admettre que ce qui me manquait le plus n'était pas Jérôme comme tel, mais plutôt la partie de son anatomie contenant l'ingrédient nécessaire à la conception d'un bébé. Car cette idée ne m'était pas sortie de la tête... loin de là. Je désirais ce bébé plus que jamais, en venant même à me dire que n'importe quel homme ferait l'affaire, du moment qu'il semblerait offrir les qualités et les bonnes dispositions que je souhaitais transmettre à mon enfant.

Je me mis donc à examiner attentivement les hommes de mon entourage, les jaugeant d'un œil critique. Rien de ce côté-là... J'avais de très bons copains, mais l'idée de me retrouver au lit avec l'un d'eux me faisait tout drôle, comme s'il s'agissait d'une forme d'inceste. Qui plus est, l'un d'eux était homosexuel; l'autre marié et très heureux de l'être et le troisième décidément trop instable, autant financièrement qu'émotivement. Je me tournai donc vers l'agence pour laquelle je travaillais. «Quel meilleur endroit pour choisir le père parfait?», me dis-je avec enthousiasme. La tactique était simple. J'éplucherais les fiches personnelles des hommes disponibles, ayant tout le loisir de bien cibler leur «pedigree». Beaucoup de ces hommes m'avaient semblé de bons candidats... j'avais depuis longtemps cessé de croire que la clientèle des agences de rencontre était exclusivement constituée de laissés pour compte!

Je me mis immédiatement à la tâche. L'ordinateur n'était-il pas un outil de recherche merveilleux? Je sélectionnai d'abord quelques vagues critères selon l'âge, la taille et le statut social de l'homme que je recherchais. Souhaitais-je un célibataire ou non? L'homme marié aurait l'avantage de ne pas être trop encombrant... mais peut-être ne serait-il pas toujours disponible les bons soirs? Mon expérience avec Jérôme avait été suffisante pour me faire comprendre qu'on ne tombe pas nécessairement enceinte au premier essai! Célibataire, donc. Je me débarrasserais bien de lui, si nécessaire. Je laissai la catégorie de l'âge assez vaste, ne voulant pas limiter inutilement mes recherches. La taille, maintenant... Si j'avais un garçon, je voudrais qu'il soit plutôt grand, athlétique. La couleur des cheveux? J'optai pour les bruns ou noirs. Les yeux? Hum... tiens, noisette. Je décidai de m'abstenir quant aux intérêts particuliers, préférant examiner chaque cas attentivement. J'appuyai sur la touche «retour» une dernière fois, démarrant la recherche de l'homme idéal. L'ordinateur rumina quelques instants et me présenta une première fiche, spécifiant qu'il en avait sélectionné quatorze. Quatorze! C'était fabuleux! Mon excitation tomba d'un cran en lisant les données présentées à l'écran:

«Jean-Pierre, cinquante-quatre ans, célibataire. Il est chômeur pour le moment. Jean-Pierre cherche une compagne racée, sexy et ne craignant pas d'élargir ses horizons, dans le but de découvrir les plaisirs de la vie.»

Je n'avais rien contre le fait d'élargir mes horizons et me considérais passablement sexy. Mais le Jean-Pierre en question, lui, même s'il mesurait près de 1,90 m, avait un sérieux problème d'embonpoint. Pas de ça pour mon fils, et encore moins pour ma fille! Je continuai:

«Sylvain, vingt-deux ans, coureur de marathon.»

Tiens, tiens... intéressant! Un peu jeune, mais il n'y avait là rien de problématique. Au contraire! Mais en poursuivant ma lecture, je vis qu'il recherchait un homme dans la quarantaine, aussi sportif que lui. Bon! Suivant...

«Maurice, trente-six ans, architecte. Il aime les balades en forêt, les sports nautiques et la nature en général. Maurice cherche une femme disponible, non-fumeuse, pour causeries et romance. Femmes obèses et de plus de trente ans s'abstenir.»

Encore une fois, la photo me découragea. Maurice portait des lunettes aux verres si épais qu'il était difficile de distinguer la forme réelle de ses yeux. Je voulais que mon enfant ait une vision parfaite... Et la liste se poursuivait ainsi. Oh! quelques-uns de ces hommes étaient intéressants au premier coup d'œil, mais il y avait toujours un détail qui clochait. Mon enchantement se dissipa peu à peu, au fil de ma lecture. Soit les dents étaient croches — pensez aux frais d'orthodontistes! — ou alors il n'avait plus de cheveux. Un homme chauve peut être très séduisant... mais pas quand les poils de son nez sont apparents, même sur une photo d'ordinateur! Un autre, Gilbert, aurait pu me convenir, mais il devait se déplacer fréquemment à cause de son travail. Ce manque de disponibilité pouvait être un problème épineux. Pierre vivait en compagnie de ses quatre chats et j'avais horreur de ces bêtes hypocrites et imprévisibles. Quant à Michel, le dresseur de chiens, j'étais allergique à toutes les espèces canines depuis ma tendre enfance. Il y avait bien ce charmant médecin, mais il avait spécifié qu'il cherchait une femme qui pourrait le dominer et le réduire au rôle d'esclave... un trait de caractère que je ne voulais définitivement pas léguer à mon enfant! Bref, le tout n'était pas des plus excitants et je commençais à me lasser, quand je tombai enfin sur quelque chose de franchement attirant.

«Louis, trente-neuf ans, entrepreneur. Il aime les bons repas en tête à tête et est excellent cuisinier. La natation, le patin à roues alignées et le ski alpin sont ses sports favoris.

Louis recherche une compagne pour partager ces plaisirs et qui sait?» Il possédait les atouts physiques qui me plaisaient le plus, du moins selon la photographie. Sans plus attendre, je laissai un message sur son répondeur, espérant qu'il me rappelle rapidement.

Il me téléphona dès le lendemain et la conversation, bien que brève, fut très agréable. Il avait un sens de l'humour charmant, une voix douce et chaude. Au moment où il me parlait, j'entendis des éclats de rire enfantins. Je m'empressai de lui demander s'il s'agissait de ses enfants:

— Hélas, non! Ma sœur me les a confiés pour la soirée.

Nous nous sommes donnés rendez-vous le jour suivant, dans un café à la mode.

J'étais assise à une petite table isolée quand il se présenta à moi, telle une apparition. Cheveux châtains bouclés effleurant ses épaules, des yeux noisette éclatants et malicieux, un nez droit sur lequel flottaient quelques taches de rousseur discrètes et une bouche pleine aux lèvres sensuelles recouvrant des dents éclatantes. Il était splendide! Je me lançai à l'eau, ayant l'habitude d'être directe:

— Comment se fait-il que vous ayez recours à une agence de rencontres? Vous ne devez sûrement avoir aucun mal à rencontrer de jolies femmes!

— Pas aussi jolies que vous, malheureusement! Et la question est réciproque...

Je lui adressai mon sourire le plus charmeur tandis qu'il prenait place à la table. Nous avons passé des heures très agréables et nous sommes quittés à regret, nous promettant de nous revoir dès le lendemain.

* * *

Au cours des semaines suivantes, j'eus tout le loisir de découvrir l'homme qui se cachait derrière des atouts si charmants. D'un naturel jovial et énergique, il possédait une culture générale impressionnante qui rendait la conversation passionnante. Mais la conversation, malgré son importance et ce qu'elle avait d'agréable, n'était toutefois pas là où il excellait. Louis était un amant formidable... Il possédait une coquette petite demeure dans les Laurentides et il m'y emmena, dès qu'il fut persuadé que nous nous plaisions. La première nuit passée ensemble fut extraordinaire et me laisse, encore aujourd'hui, un tendre souvenir.

Il me prépara avec soin un repas délicieux qu'il servit au grand salon, éclairé d'une bonne flambée dans l'âtre de pierre. Le décor était simple mais combien chaleureux! Le repas était exquis, du potage au dessert, surtout le dessert. Tout au long de la soirée, nous nous jetions des regards langoureux qui présageaient une nuit fort agréable. Il m'embrassa juste avant de débarrasser la table et revint avec un grand bol de fraises, de la crème fouettée et du champagne. Il me fit danser dans ses bras devant les flammes, au son d'une douce musique, puis me déshabilla lentement, laissant son regard noisette se perdre au fond de mes yeux. Les siens brillaient d'une lueur toute spéciale, empreinte de tendresse. Il me fit étendre sur la peau d'ours, admirant le reflet des flammes sur ma peau, puis me glissa des fraises succulentes dans la bouche, l'une après l'autre, déposant de son autre main de petites boules de crème fouettée sur mes seins aux pointes dressées, puis sur mon ventre et mes cuisses. Il lécha ma peau de petits coups de langue avides, dessinant des arabesques dans la crème onctueuse.

Il semblait vraiment se régaler, me déclarant que ma peau était exquise. Quand la chaleur de son haleine fit glisser la crème à l'intérieur de mes cuisses, il poussa un soupir et goûta le mélange qu'il qualifia de sublime. La sensation était certainement délectable...

Nu à son tour, il coula son corps sur le mien, transformant ses mouvements en frottements langoureux. Puis il flotta au-dessus de moi, son sexe pointé me chatouillant le visage sans que je puisse toutefois y goûter, puis mes seins, que je m'empressai de resserrer autour de lui. Il s'inséra doucement entre eux, avant de descendre le long de mon ventre afin de se reposer quelques instants à l'entrée de mon corps.

Puis, enfin, il s'insinua en moi d'un mouvement fluide et me fit l'amour tendrement avant de prendre plus d'ardeur. Mon plaisir était intense et je ne voulais pas qu'il s'achève... Je tentai de ralentir ses mouvements, enroulant mes jambes autour de sa fine taille. Je le retins un moment immobile, cherchant à deviner, en regardant au fond de ses yeux, s'il m'appréciait autant. Ce que j'y vis me rassura, l'étincelle brillant plus que jamais. Désirant goûter à mon tour au mélange de sa peau et de la crème, je le fis s'allonger près de moi et l'enduisis généreusement, prenant soin de bien étendre la mousse sur chaque parcelle de son membre impatient, son ventre et ses jambes. Son goût, dans ma bouche, était sucré et délicieux. Il m'emplissait complètement, écrasant ma mâchoire pour mieux glisser jusqu'à ma gorge, laissant la crème, maintenant liquide, couler le long de mon menton jusqu'à mes seins que sa langue s'empressa de lécher.

M'agenouillant au-dessus de lui, je le guidai de nouveau dans ma fente moite, l'accueillant avec gratitude et gourmandise. Ses jambes me berçaient doucement tandis que ses mains, me saisissant les fesses, me soulevaient et m'abaissaient sur son membre comme un balancier divin. Nous ne formions plus qu'une entité, les deux pièces d'un même organisme. Louis se glissa hors de moi et ramena sa bouche entre mes cuisses. Il me dégusta lentement, comme un mets succulent, mastiquant et suçant avec des gestes précis et quasi artistiques. Je pouvais voir mon corps, reflété dans les grandes fenêtres, illuminé par les flammes ardentes. Mes cheveux recouvraient presque entièrement mon visage tandis que les siens s'échappaient d'entre mes cuisses écartées. Je m'observai ainsi un moment, caressant mes seins palpitants et fascinée par la tête de l'homme s'activant à la partie la plus sensible de mon corps. Sa langue me chatouilla et m'embrassa tant et si bien que je jouis entre ses lèvres, les miennes frémissant en un long soupir.

Puis je m'allongeai, écrasant mes seins sur la douce fourrure, laissant à mon amant le soin de pénétrer en moi profondément jusqu'à ce que sa sève se mélange à la mienne et à toutes les autres saveurs recouvrant notre peau brûlante.

Blottis l'un contre l'autre, nous avons dormi ensemble devant les flammes... c'était fantastique.

À compter de cette nuit-là, j'en vins à conclure que Louis serait l'homme idéal pour me faire l'enfant que je désirais tant. Seul nuage à l'horizon: j'étais aux prises avec un sérieux dilemme... Ou bien je lui faisais part de mes intentions et courais le risque de le voir s'enfuir à toutes jambes; ou bien je ne disais rien, laissant la nature opérer son miracle, et je verrais plus tard, selon la tournure que prendrait notre relation. Je passai quelques jours à envisager ces choix avant d'opter pour le second. Je ne dirais rien, me contentant de faire l'amour avec plaisir sans prendre la moindre précaution... qui sait. Je me mis à calculer attentivement les dates les plus importantes pour arriver à mes fins.

Le mois suivant, je pris congé de mon amant pendant les quelques jours précédant mon ovulation. Il me manquait, certes, mais j'avais prévu cette attente afin de rendre notre désir (et son sperme) le plus puissant possible. J'avais pris soin de lui laisser entendre que je nous préparais un weekend du tonnerre... Je lui téléphonai le vendredi après-midi, pour lui donner rendez-vous, mais fus accueillie par son répondeur:

— Bonjour, vous êtes chez Louis et Daniel. Laissez un

message, nous vous rappellerons dès que possible!

— Salut, Louis. C'est moi, Caroline. J'espère que tu n'as pas de projets pour ce soir. Je t'attends avec impatience, dès que tu seras libre. Je suis à la maison et je ne bouge pas... sauf pour me déshabiller... BIP!

Ah! Daniel... Louis m'avait très peu parlé de ce frère avec lequel il partageait son appartement de la ville. Ne l'ayant pas croisé, les quelques fois où je m'étais rendue chez lui, plutôt qu'à sa maison des Laurentides, je commençais à être curieuse, mais me dis que je finirais bien par le rencontrer un jour. Fidèle aux intentions élaborées dans mon message, je me fis couler un bain chaud, dans lequel je me laissai tremper avec bonheur pendant presque une heure. Je m'aspergeai ensuite de lotion odorante, soignant particulièrement mon apparence, avant de choisir un joli petit déshabillé de soie sur lequel j'enfilai un long peignoir. Le temps passait et Louis n'avait toujours pas donné de nouvelles. C'était bon signe! Il ne m'aurait téléphoné que s'il ne pouvait venir, mon message étant suffisamment clair!

Je repris une lecture entreprise la veille et, environ une demi-heure plus tard, on frappait à la porte. J'éteignis ma lampe de lecture, replongeant du coup la pièce dans l'ambiance désirée, et partis ouvrir le cœur léger. Il était là, un joli bouquet à la main. Dès que j'ouvris, il me serra tout contre lui et m'embrassa ardemment. Je fus flattée de constater qu'il n'avait pas pris le temps de se raser, tellement il était pressé de venir! Même si sa joue était rugueuse contre la mienne... Je l'attirai à l'intérieur et, ne lui laissant pas le temps de retirer son manteau, entrepris de me dévêtir lentement devant lui.

— Tu m'accueilleras toujours comme ça, quand je viendrai chez toi?

— Si tu veux...

— Promets-moi! Chaque fois...

— Promis.

Sur cette confirmation de ses souhaits, il se dévêtit à son tour, m'entraîna sur le sofa et plongea sa bouche entre mes cuisses nues. Il me lécha ainsi jusqu'à ce que je ruisselle, et que je le supplie de me faire l'amour le plus fort et le plus vite possible. Je haletais de plaisir, mais voulais retarder ma jouissance jusqu'à ce que je le sente enfin en moi. Et il devait se répandre abondamment au plus profond de mon corps. Il le devait absolument...

Il répondit enfin à mes prières, me prenant avec force avant de me retourner et de s'enfoncer de nouveau, broyant mon sexe béant, fouillant mon ventre de ses coups presque brutaux. Je le sentais très près du moment béni où il jouirait en moi. Je tentai de suivre son rythme, de suivre son plaisir. Juste au moment où il allait exploser, le téléphone sonna. J'allais lui faire comprendre que je ne m'en occuperais pas, mais n'en eus pas l'occasion. Surpris par la sonnerie inopportune, il se retira momentanément. C'est à cet instant qu'il jouit, déversant un jet abondant sur mes fesses et au creux de mes reins. Je fis un effort suprême pour ne pas laisser transparaître ma déception. Oh! je n'étais pas déçue de sa performance, loin de là! Mais ce jour en était un de «fertilité potentielle» et il avait gaspillé de précieux millilitres sur mes fesses plutôt qu'à l'intérieur, là où ils auraient dû se trouver. Bon! Dommage, mais je tenterai ma chance plus tard, me dis-je.

Malheureusement, Louis devait rentrer chez lui le soir même, attendant un appel outre-mer très important. Je le laissai préparer son départ avec tristesse et lui demandai de revenir le lendemain, soulignant que je lui réserverais le même accueil. Le laissant partir à regret, je me promis que je profiterais de lui à mon goût le lendemain... et plus d'une fois!

* * *

Le jour suivant, j'étais irritable, nerveuse. Je me rendis compte que mon manque d'honnêteté envers Louis m'agaçait. Mais, simultanément, je ne voulais tellement pas gâcher ce qui pourrait être la concrétisation de mon rêve secret! Comme si j'avais une intuition que la prochaine fois serait la bonne. Que c'était ce mois-ci que l'événement tant attendu se produirait enfin. Je verrais ensuite sa réaction. J'étais prête à assumer seule, s'il le fallait, les conséquences de mes actes. Aussi, l'après-midi s'étira en de longues minutes interminables. Allait-il venir, ce soir? Il fallait qu'il vienne, et qu'il vienne au bon endroit. Pour qu'il comprenne bien à quel point j'avais envie de le voir, je lui téléphonai en fin de journée pour m'assurer de sa visite. Je fus de nouveau accueillie par le répondeur, qui m'agaça davantage. Je figeai, ne sachant trop que laisser comme message... avant de raccrocher. Rien de trop intime, au cas où ce serait son frère qui l'entendrait en premier... Mais il devait aussi comprendre à quel point je le désirais. Eh bien! tant pis pour le frère! Il penserait bien ce qu'il voudrait! Je recomposai le numéro, attendis patiemment la fin du message et me jetai à l'eau:

— Louis... tu me manques terriblement. Il faut absolument que je te voie ce soir! Si tu savais avec quelle impatience j'attends que tu apparaisses au seuil de ma porte! Je t'accueillerai, tel que promis, de la façon qui semble tant te plaire. Ne tarde pas trop... BIP!

«Avec ça, pensai-je, il ne pourra faire autrement que de venir se précipiter chez moi!»

L'attente fut plus courte encore que je l'espérais. J'eus à peine le temps de me changer et de prendre une douche rapide, que déjà des coups insistants se faisaient entendre à ma porte. J'ouvris à toute vitesse, me préparant à me déshabiller devant lui aussitôt qu'il aurait franchi le seuil. Il était si beau! Ses yeux noisette, qui semblaient briller d'une lueur particulière, me transpercèrent un instant avant de parcourir mon corps entier, empreints de malice et de désir. Son regard, qui me déshabillait, me fit de l'effet. D'un seul coup, ma respiration s'accéléra et j'eus le souffle presque coupé devant ce toisement à la fois impertinent et flatteur. Je l'attirai à moi sans plus attendre. Son eau de toilette enivrante me fit reculer de quelques pas afin que je puisse, à mon tour, user d'impertinence et faire glisser le léger vêtement de mes épaules frissonnantes. Louis me souleva un peu brusquement et me laissa choir sur le divan. Il retira sa veste, sa chemise et son pantalon avec des gestes effrénés et se pencha sur moi.

— Je n'osais pas espérer que tu arriverais si tôt...

— Quand j'ai entendu ton message, rien n'a pu me retenir. Mais je ne pourrai pas rester très longtemps... tu seras fâchée si je pars tout de suite après?

— Pas si tu me fais ce dont j'ai envie depuis que tu m'as quittée...

Pour me signifier qu'il avait bien compris, il s'agenouilla entre mes jambes et embrassa mes lèvres déjà humides. Puis sa main prit le relais et me caressa fermement, écorchant presque la chair fragile. Mais quelle agréable douleur! Écartant les parois de mon sexe enflammé, il se fit encore plus insistant, insérant un doigt, puis un autre, entre les parois veloutées de mon corps. La sensation de son mouvement de va et vient était aiguisée par une forte pression exercée au bon endroit, menaçant de me faire jouir d'une seconde à l'autre. Jamais il ne m'avait fait tant d'effet! Puis, soulevant mes hanches entre ses mains puissantes, il força sa verge, que je sentis immense, au tréfonds de mon corps, sans pour autant cesser le mouvement circulaire de son doigt sur mon sexe qui palpitait au rythme des battements de mon cœur.

J'allais jouir en un torrent quand Louis me fit lever, m'agenouilla à mon tour en appuyant mes coudes sur le dossier du sofa moelleux. Il fit rebondir mes hanches, afin que je puisse lui offrir mes fesses bien écartées. Il me caressa da-

vantage, laissant glisser sa main devant, puis entre mes lèvres frémissantes qu'il écarta de nouveau avant de s'en-
gloutir encore en moi, forçant son membre entier jusqu'au
fond de mon ventre, me faisant presque hurler de plaisir. Ne
pouvant retarder davantage l'inévitable, je jouis avec une intensité démente.

Louis prit davantage d'ardeur devant mon abdication et,
saisissant mon bassin à pleines mains, me martela avec force
jusqu'à ce que je sois persuadée d'éclater. J'accueillais cet
assaut avec délice, mon corps menaçant une fois de plus de
succomber à un tel outrage. Et je jouis encore, quelques secondes seulement avant que Louis n'atteigne l'orgasme à son
tour, dans un dernier sursaut frénétique. Il se répandit en moi,
tel que je l'avais espéré, sans se douter à quel point ce détail
m'importait. Je sentis le poids de son corps m'écraser doucement et, suivant son mouvement, je l'attirai tout contre
moi, bien appuyée sur son ventre chaud, et me laissai aller à
un bien-être immense. Mon corps entier était encore secoué
de plaisir, mais ma tête, elle, était plongée dans une merveilleuse langueur. Aussi ne tentai-je pas le moindre geste
afin de le retenir quand il se releva, m'embrassa les cheveux
et me dit qu'il devait absolument partir. Il s'habilla à la hâte,
m'embrassa de nouveau et disparut.

Je restai ainsi un bon moment, n'osant briser la douce torpeur qui m'habitait. Me résignant toutefois au bout d'un bon
moment, je me relevai péniblement, les jambes chancelantes,
et ramassai mes vêtements, la pensée d'un bain chaud me faisant déjà frissonner. C'est à ce moment que j'aperçus un
objet, presque caché sous le sofa. Me penchant pour le ra-
masser, je vis qu'il s'agissait d'un portefeuille, sans doute
celui de Louis. Je m'apprêtais à le déposer sur la petite table
de l'entrée lorsque je remarquai quelques cartes et papiers
qui s'en étaient échappés et jonchaient le sol. Je me penchai
de nouveau et quelque chose attira mon regard: une carte

d'assurance-maladie. La photographie qui ornait cette carte n'était pas très flatteuse, comme elles le sont rarement. Mais ce n'était pas là le détail qui m'avait fait sursauter... Sous la photo, au lieu du LOUIS BERTRAND que je m'attendais de lire, était plutôt inscrit: DANIEL BERTRAND. Son frère? Son frère jumeau?!! Je m'écrasai lourdement sur le sofa, tentant de reprendre mes esprits. Louis ne m'avait jamais parlé d'un frère jumeau! D'un frère, oui... Et le message du répondeur me revint à l'esprit: «Bonjour, vous êtes chez Louis et Daniel...»

«Mais non... c'est bien Louis qui vient de partir de chez moi», me dis-je. «Je l'aurais su, quand même, si c'était quelqu'un d'autre!» Vraiment?

Le téléphone interrompit mes pensées. Je répondis d'une toute petite voix, tâchant de ne rien laisser paraître de mon trouble à Louis. Il était retenu au centre-ville et venait de prendre ses messages... Pouvait-il venir chez moi un peu plus tard? Je lui affirmai que je l'attendrais, avalant péniblement ma salive devant l'énormité de la situation. Plus troublée que jamais, je partis immédiatement faire couler ce bain qui me ferait sans doute le plus grand bien, refusant obstinément de réfléchir tant que je ne serais pas immergée dans l'eau chaude, entourée de bulles odorantes.

Une fois installée, je m'accordai quelques instants de réflexion. Curieusement, je ne ressentais aucun sentiment de gêne, de honte ou de trahison devant ce qui venait de se produire. Si Daniel était vraiment le frère jumeau de Louis et que c'était lui qui venait de me faire l'amour de façon si admirable, où était le mal? Louis n'avait nul besoin de savoir! Le seul problème résidait dans le fait que j'étais, de toute évidence, incapable de les discerner. Mais, plus j'y pensais, plus je me disais que c'était, en fait, une aubaine extraordinaire! Deux pour le prix d'un! Quelle femme songerait à s'en plaindre? Et si Louis apprenait ce qui venait de se passer, comment réagirait-il? Avait-il déjà vécu la même chose avec une autre femme? S'agissait-il d'un jeu auquel les frères se prêtaient dans le seul but de s'amuser? Si c'était le cas, la situation devenait plus choquante. Mon instinct me disait, cependant, que Louis n'en savait rien. Et ce n'était pas moi qui allais lui mettre la puce à l'oreille! Il fallait simplement que je m'assure de trouver un moyen de les différencier. C'était Louis, finalement, qui m'avait plu. Peut-être que si j'avais rencontré Daniel en premier, c'est de lui que je me serais entichée! Mais je ne voulais, en aucun cas, blesser Louis. Si j'étais prudente, tout s'arrangerait. Quand il viendrait, tout à l'heure, je ne dirais pas un mot de la visite surprise de son frère. Pas un mot! Mais alors, comment savoir que c'était vraiment lui? Je lui poserais des questions précises sur des choses que nous avions faites ensemble, depuis notre rencontre. Et si ce n'était pas la première fois qu'une telle substitution avait lieu? C'était vraiment trop compliqué! L'un ou l'autre, finalement, du moment que j'arrivais à mes fins... Et ce soir, j'aurais encore de meilleures chances! Puis, l'image des deux frères s'imposa à mon esprit, entraînant avec elle une fantaisie bien agréable...

Je me laissai glisser un peu plus profondément dans la baignoire, afin d'explorer cette nouvelle vision. J'étais étendue sur mon lit, espérant Louis ardemment. Le rêve se transforma pour devenir l'instant présent. Il arrive, se déshabille avec des gestes lents et m'embrasse. Son corps nu contre le mien me fait frissonner. Presque passive, je laisse ses lèvres parcourir ma gorge, m'effleurer tendrement les seins, puis le ventre et les jambes. Sa langue vient agacer l'ouverture de mon sexe disponible et c'est alors que Daniel fait son apparition. Il se déshabille à son tour, embrasse ma bouche, tandis que Louis accentue ses caresses plus bas, beaucoup plus bas. Des mains — je ne sais trop lesquelles — pétrissent mes seins, des lèvres les sucent avec ardeur, alors que d'autres mains et d'autres lèvres s'activent habilement entre mes cuisses écartées. Un membre force ma bouche, s'insère jusque dans ma gorge, tandis qu'un autre me pénètre brutalement, écartant mes cuisses davantage. Le rythme des deux membres est le même, en alternance. Puis, l'un des hommes se laisse tomber sur le dos — j'ignore lequel — mais je rejoins sa queue tendue et la reprends dans ma bouche gourmande tandis que, derrière moi, un autre homme s'impose durement entre mes cuisses. Qui est-ce? Louis ou Daniel? Ont-ils changé de rôle, ou est-ce le même homme que j'aspire avec tant de passion depuis tout à l'heure? Peu m'importe. Les corps bougent de nouveau et je suis à genoux, par terre, un membre dressé devant le visage, un autre fouillant mon corps. Des mains s'agrippent à mes seins, d'autres à mes cheveux, d'autres encore à mes fesses... combien de mains? Combien de majestueux sexes bien bandés me font tant d'honneur? Finalement, l'homme derrière moi se laisse aller à jouir, précédant à peine son frère emprisonné entre mes lèvres. Le liquide m'asperge la bouche, la gorge, le ventre, les cuisses... Et je jouis, flottant allègrement dans mon bain maintenant tiède, les mains bien enfouies entre les jambes.

* * *

Quand Louis arriva plus tard ce soir-là, je me permis d'attendre un peu avant de lui poser toutes les questions qui me brûlaient les lèvres. Je me contentai de répéter les mêmes gestes exécutés un peu plus tôt, laissant tomber au sol le léger vêtement qui me recouvrait à peine, attendant qu'il prenne l'initiative du sofa. Mais il choisit plutôt la chambre. J'avais peine à me concentrer sur le moment présent, mon nouveau fantasme revenant sans cesse me hanter. Allais-je un jour vivre cette expérience qui, à sa simple évocation, me rendait moite de désir? Qui sait, si je savais bien jouer mon jeu... Je manifestai une ardeur toute légitime sous les caresses de Louis — était-ce bien lui? — et jouis encore une fois. Louis me prit devant, derrière, à genoux, debout, retardant son orgasme afin de me faire plaisir le plus longtemps possible. Mais j'étais épuisée... Je tentai d'accélérer son jeu, profitant tout de même pleinement des délicieuses sensations qu'il me procurait et il jouit enfin, en moi. C'est avec bonheur que je m'écrasai dans ses bras.

Je laissai quelques minutes passer avant d'entreprendre mon interrogatoire. Sa respiration se fit plus profonde et, ne voulant pas prendre le risque qu'il s'endorme, je passai à l'attaque avec une première question:

— Dis, tu me présenteras ton frère un jour?

— Mon frère? Pourquoi?

— Simplement parce que ça fait deux messages assez suggestifs que je laisse sur ton répondeur. J'aimerais bien le rencontrer bientôt, sinon il pourrait se faire une fausse idée de moi...

— Peut-être un jour...

— Quel âge a-t-il?

— Quelques minutes seulement de plus que moi. Nous sommes jumeaux.

— Vraiment? Vous vous ressemblez?

— Nous sommes identiques, à quelques détails près.

— Alors là, j'aimerais vraiment le rencontrer!

J'avais pris un ton taquin, juste au cas où le sujet serait épineux. Mais il se contenta de rire et de me demander:

— Quoi, je ne te suffis pas, peut-être?

— Oh! je crois bien que tu feras l'affaire! Dis-moi, quelles sont ces «petites différences»? Les cheveux, une moustache ou quelque chose du genre?

— Non. En fait, nous nous sommes toujours amusés à porter la même coupe de cheveux et à tenter de nous ressembler le plus possible. Mais ses yeux sont un peu plus pâles que les miens et il a une cicatrice au front, à la lisière des cheveux, qui date de plusieurs années.

— Sans blague... seulement des petites différences comme ça?

— Ceux qui nous connaissent bien, tous les deux, disent que nous n'avons pas le même regard. Qu'il a l'air un peu plus «dur» que moi. Mais je ne pourrais te dire si c'est vrai ou pas. Pour ce qui est de le rencontrer, ça viendra peut-être un jour. Mais mes anciennes petites amies étaient toujours un peu troublées par la ressemblance... Et c'est moi qui t'ai trouvée le premier!

Je changeai de sujet, convaincue qu'il ignorait que je le connaissais déjà. Je n'aurais qu'à bien examiner leur front!

* * *

Je revis Louis plusieurs fois la semaine suivante, m'assurant que c'était bien lui quand il se présentait chez moi. C'en était devenu une sorte de blague, cette façon qu'il avait de se dégager le front avant d'entrer afin que je puisse y déceler une éventuelle cicatrice. Je ne revis plus Daniel et me contentai de lui retourner son portefeuille par la poste, anonymement. Comme Louis devait partir prochainement en voyage d'affaires à l'extérieur de la ville, nous avons passé un charmant séjour à sa maison des Laurentides, nous prélassant dans la douce odeur du bois qui flambe, regardant la neige s'accumuler à l'extérieur. Je ne lui parlai plus de son frère, préférant attendre qu'il l'évoque le premier.

J'étais heureuse, même si le fantasme de deux hommes identiques me faisant l'amour en même temps revenait me hanter régulièrement. Celui-ci devenait de plus en plus puissant... au point où il ne se passait pas une soirée en compagnie de Louis durant laquelle je ne m'attendais pas à voir son sosie apparaître. J'étais si obnubilée par cette vision que je ne me rendis compte qu'au troisième jour de retard que mes règles ne s'étaient pas encore manifestées. Était-ce possible? Enfin? Je me réjouissais tant à l'idée que j'avais enfin réussi à m'offrir ce cadeau auquel je rêvais depuis si longtemps, que j'attendis encore quelques jours pour confirmer mon état.

Après presque dix jours de retard, je me décidai enfin à me rendre à la pharmacie pour y acheter le petit trousseau d'examen. Fébrile, je lus le feuillet d'instructions et me mis à la tâche. Deux minutes plus tard, le verdict était clair. Très clair, même: j'étais enceinte! Je sautai sur le téléphone pour prendre rendez-vous avec mon médecin le plus vite possible. Celui-ci me confirma l'événement quelques jours plus tard. J'étais radieuse! Oh! quelques nausées me faisaient bien souffrir un peu, de temps en temps, mais ce n'était rien comparativement à la joie que je ressentais. Le retour de Louis approchait et je ne savais toujours pas comment je lui annoncerais la nouvelle. Je ne pourrais évidemment pas cacher mon état éternellement... D'ailleurs, j'avais bien décidé de lui faire comprendre qu'il serait libre de s'impliquer ou non envers cet enfant. S'il voulait jouer au père, tant mieux, mais je ne lui imposerais rien.

De toute l'histoire, ce qui me tracassait le plus c'était que Daniel pouvait très bien être le père de cet enfant... et, ça, je n'en dirais jamais rien à Louis. Comment pourrais-je? J'étais tout de même dévorée de curiosité. Louis ou Daniel? Je ne le saurais évidemment jamais.

Je partis accueillir Louis à l'aéroport. En m'apercevant, il remarqua immédiatement quelque chose de différent en moi. Mes résolutions d'attendre un peu avant de lui annoncer l'heureuse nouvelle s'envolèrent en un clin d'œil, mon bonheur étant si grand! Je lui appris qu'il serait père dans quelques mois, s'il le voulait bien. Avant même qu'il puisse réagir, j'insistai sur le fait que je n'avais aucune attente en ce sens et qu'il était libre d'agir à sa guise. Son visage s'éclairant d'un large sourire, il m'assura qu'il serait aussi disponible que je le lui permettrais et qu'il passerait le plus de temps possible avec cet enfant. Tout s'arrangeait pour le mieux! Mais je n'étais pas au bout de mes peines, ni de mes surprises. La question de mon infidélité avec son frère, bien que sans préméditation aucune, me tracassait outre mesure. J'y voyais une faute terrible de ma part, en même temps que je réalisais que c'était peut-être précisément cette «faute» qui m'avait finalement mise enceinte. Quand Louis se déciderait enfin à me présenter son frère et que celui-ci apprendrait la nouvelle, réaliserait-il son implication possible? Probablement pas. Mais moi, je ne pourrais m'empêcher de me demander jusqu'où, au juste, portaient les conséquences de sa visite...

Dans les semaines suivantes, j'étais dans un état d'anxiété palpable. Louis mettait mon apparente nervosité sur le compte de la grossesse et je ne fis rien pour lui divulguer la véritable raison. Le jour où je devais passer mon échographie, j'étais persuadée qu'un signe quelconque m'indiquerait qui était véritablement le père de mon enfant. Quel signe? Je n'en avais pas la moindre idée et je savais bien que c'était là une réaction totalement irrationnelle. Mais la conviction n'en était pas moins réelle. Peut-être verrais-je quelque chose, lors de l'examen, qui résoudrait le mystère? Ou alors, une simple intuition me révélerait, au moment où je m'y attendrais le moins, l'identité du père.

La salle d'attente était bondée. Je me tordais les mains nerveusement, repassant dans ma tête tous les prénoms, de garçon et de fille confondus, qui me plaisaient le plus. Quand mon tour arriva, j'étais presque une loque, ayant peine à me diriger vers la salle indiquée. Je m'étendis sur la table d'examen, attendis qu'on enduise mon ventre de gelée et qu'on y glisse l'instrument qui me permettrait de bien voir mon petit bébé. Je fixais l'appareil d'un œil angoissé. La technicienne me demanda, avant de débuter, si je souhaitais connaître le sexe de mon enfant. Sur mon acquiescement véhément, elle s'exécuta, puis un large sourire se dessina sur son visage:

— Madame Lemay, saviez-vous que vous attendiez des jumeaux? Un petit garçon... et une petite fille! Félicitations!

Marquis imprimeur inc.

Québec, Canada

2012